鹿鸣

Issue.
001 　親愛なる友人

THEME

朋友

My friend

凌草夏 主编

野夫　八月长安　张皓宸　杨杨　卢思浩
夏正正　暴暴蓝　自由极光　王臣　飞行官小北
元悟空　一蚊丁　潘雯晶　崔小咸　张先生
王宇昆　凌草夏　丁丁　靡涯　艮木　徐松

长江出版传媒 | 长江文艺出版社

图书在版编目 (CIP) 数据

鹿鸣 .1，朋友 / 凌草夏主编 .– 武汉：长江文艺出版社，
2015.8
　　ISBN 978-7-5354-8103-0

I. ①鹿…II. ①凌…III. ①中国文学 – 当代文学 – 作品综合集 IV. ① I217.1
中国版本图书馆 CIP 数据核字（2015）第 124199 号

鹿鸣 .1，朋友
凌草夏　主编

出 版 人：金丽红　　黎 波　　安波舜
选题出品：谢不周　　凌草夏　　八月长安
责任编辑：张 维
装帧设计：金牌設計室 DO-DESIGN STUDIO ·车 球　　　媒体运营：银 铃　刘 冲
责任印制：张志杰

出版：长江出版传媒　长江文艺出版社
电话：027-87679310　　　传真：027-87679300
地址：湖北省武汉市雄楚大街 268 号湖北出版文化城 B 座 9–11 楼　　邮编：430070
发行：北京长江新世纪文化传媒有限公司
电话：010-58678881　　　传真：010-58677346
地址：北京市朝阳区曙光西里甲 6 号时间国际大厦 A 座 1905 室　　邮编：100028
印刷：北京尚唐印刷包装有限公司

开本：880 毫米 ×1230 毫米　　1/32　　　印张：8
版次：2015 年 08 月第 1 版　　　　　　印次：2015 年 08 月第 1 次印刷
字数：192 千字　　　　　　　　　　　插图：37 幅

定价：38.00 元

北京知书文化传媒有限公司 & 北京长江新世纪文化传媒有限公司

www.cjxinshiji.com

出品

図片・艮木

目录 contents
カタログ

目录 contents カタログ

分享我的故事
只愿你会共鸣

最佳损友

Word 文字 · 八月长安

Picture 图片 · 杨杨

八月长安

————

作家、编剧

代表作《你好，旧时光》

微博@八月长安就是二熊

我特别喜欢一部动画片，名叫《草莓棉花糖》。

动画片很简单，讲述一个二十岁的日本大专生姐姐和四个十岁左右的小妹妹的日常生活——极为日常，吃喝拉撒，几乎没有连篇的剧情桥段。

一天，名叫美羽的淘气小孩儿忽然为一个词执着起来了。她一遍遍地问自己的好友千佳："我们是朋友，还是至交？"

日语中"友達"便是朋友，老外口中的 Friends，实在是个亲切又没什么意义的词，全天下不是仇人的都可以被称为朋友。我第一天到日本，第一天认

识了室友，半小时后我让她帮忙买个东西，她阻止我道谢，说，有什么的，We are friends. 快得我都反应不过来。

"至交"这个说法直接用作中文总有些文绉绉，姑且理解为"挚友"吧，或者，最好的朋友。

这么说还是怪怪的。

也许是因为我对"最好的朋友"这五个字过敏，一提起便难过。

总之，朋友还是挚友，其他人都不关心的问题，却让美羽执着万分，用尽各种手段来秀默契秀友情，只为了证明一件事。

"我们最好。我和她比她和别人好。我们之间比别人之间好。我们不是普通朋友，是至交，是最好的、唯一最好的朋友。最好最好。"

所有人都觉得她莫名其妙。我却在那一刻，很想拥抱这个小孩儿。

我一直认为，小学作文的命题里藏着满满的恶意，比如《我最好的朋友》。

那天老师站在讲台前，让我们一个个站起来念作文。一个关系很好的女孩写的是我。当老师点名点到我的时候，我觉得世界末日降临了。

因为我写的不是她。

好笑的是，我写的人，写的也不是我。

这种事现在讲起来可以作为温馨好笑的怀旧段子，但在我们还都热衷于玩"你跟她好就别跟我好了"这种初级《甄嬛传》的年纪里，这种事故是爆炸级的。

下课时，我跑去找那个写我的女生，她抬头对我说的第一句话就是，没关系的。

我却更难过了。

所以大学时我认识了 L 之后，我从没问过她"我们是不是最好的朋友"这种愚蠢的问题。

可我刚认识她的时候还是犯了蠢。

和她聊天聊到大半夜才结伴回宿舍楼，几个小时的时间对我们来说实在不够用——表面上，我们都如此善于表达，从宏观世界观到八卦时评，从成长经历到未来理想，关于"我"这个话题我们都有太多想告诉对方的；但内在里，我们都是戒备的人，展露五分的真诚，也藏起五分的阴暗真相。

极为愉快，也极为疲惫。

我进了自己的房间，想了想，还是头脑一热发了一条好长好长的、热情洋溢的短信，比我们的聊天还要诚实三分。只是结尾处，矫情地来了一句"可能我们睡醒了，清醒了，第二天就恢复普通同学的状态，自我保护。但是今晚我是把你当朋友的。"

在手机上打下这句矫情丢脸的结束语时，我用了十分的勇气。

我们那个年纪早就经历了太多诸如命题作文事件的洗礼，早就懂得不要先袒露真诚，就像两只狗相遇，谁也不愿意先躺在地上露出肚皮示弱。

我和编辑曾经聊过，他说所有人物里写自己最难。

我说是啊，很难不撒谎，避重就轻都算不错的了。毕竟笔在我手里，何必跟自己过不去。

编辑说，所以诚实和勇敢总是放在一起说。

那条短信我不记得她是否回复了，这足以证明，即使她有回复，也一定挺冷淡的，否则我不至于自动抹掉了这段记忆。

许久之后她主动提起这件事，我才知道其实她也挺感动的，但的确觉得我脑子有问题。L诚实地说，就是因为这条愚蠢的短信，忽然她有了安全感，所以愿意亲近我，尝试着做真正的朋友。

第一只狗露出了肚皮，第二只狗决定不去咬它了，大家可以一起玩。

L有很多朋友。她是个内心骄傲的人，聪明又有见地；可以在优等生济济一堂的选举现场忽然举手说"我即兴来一段竞选词吧，我想竞选团支书"；也可以在当选之后天天宅在宿舍里不出门，丝毫没有活跃分子该有的样子；可以轻而易举地让周围人都围着她转，也可以随便得罪人，当她不喜的姑娘站在宿舍门口对她说："好想找人聊天啊！"她说："别找我。"

然后关宿舍门。

大家依然都说她好。

相比之下，在和人交往方面，我简直就是个尿包。如果那个姑娘站在我门口，我一定堆上一脸假笑，宁肯耽误自己的正事也要聊得对方内心熨帖花枝乱颤。终于熬走了瘟神之后，才敢跑到 L 面前一通咆哮——还没忘了注意保持音量，维护四邻公德。

每每此时，L 都会低垂着眼皮，冷笑一下。

于是我渐渐很少再在她面前展露这一面了。做朋友需要对等的实力，我不希望自己总像个弱鸡一样。我很喜欢的朋友在内心也许是鄙视我的——这种怀疑让我十分难受。

我不想表现得太在乎她。大学里我和她最好，但她和许多人都很好。校内网（现在已经改名叫人人网了）早期页面的右侧边栏有一个模块叫"特别好友"，一开始只有四个名额，后来扩充到六个。

有一个是我。

描述自己的朋友是很难的，读者可能更喜欢听你描述自己的男友。描述友情则更难，因为这是全天下人都拥有的东西，至少是自以为拥有。

人人都觉得自己的那份最特别，别人的也就那么回事，不用说都懂。

所以你一定会懂，一群人中只有你们总抓到同样的槽点和笑点，在别人都被客座嘉宾煽动起来的时候你们相视一笑，说，糊弄谁呢，这点儿水平不够看。

而且一切出自真心，同步率差一秒都有违心附和的嫌疑，而我们一秒不差。

我们曾经一起抄了一学期的作业，大家高中时都是学霸，在竞争激烈的精英学院里却沦落到借作业抄，尊严和智商双重受辱，偏偏只能装作嘻嘻哈哈的样子，好像一点儿都不介意这三十年河西的境况。L问我："是不是越是曾经风光的人，一旦堕落就比别人更狠、更不知回头？"我说："是啊，阻挡我们回头的反而是骄傲和虚荣，我们曾经鄙视那些把'我很聪明只是不努力'当作挡箭牌的学生，没想到自己却也成了这种人。"

她说："还好有你。"

下坠的旅程里，还好有彼此。

我们在二十四小时麦当劳坐到天亮，我第一次和她说高数不行咱们就一起写小说，她说好啊我把它做成电影——白日梦一样的事情却让我们如此兴奋，秘密筹划了一夜的人物设定和剧情走向，连可能获什么奖都计划好了，毕竟，商业路线和艺术路线是不同的嘛。

如同这个电影梦一样幼稚得没脸再提的宏伟计划，我和她有过一箩筐。时至今日想起来都脸红，但仍然热血沸腾。

天亮起来，我们又买了最后两杯咖啡，她说去看日出吧！

我们沿着马路往前走，走了足足有五分钟，我才说："楼太多了，咱们是走不到地平线的。"

"可不是，"L说，"今天还阴天。"

沉默了一会儿，空旷的街道上只有我们俩嚣张的大笑声。俩缺心眼儿。

我们有太多这样的瞬间。

冬天夏天我们都看过流星雨，在学校的静园草坪上。夏天时候风凉，就躺着看，每隔五分钟全身喷一遍防蚊花露水，身下铺的是《南方周末》，纸张又大又结实；冬天时候北京天冷，我们穿羽绒服，外面还披着雨衣，因为聪明的L说这样挡风——而且根据她的建议我拎了暖水瓶和一袋子零食，在草坪上冻得直哆嗦的时候我们泡奶茶喝，被旁边所有一起来看流星雨的陌生情侣们当作活体ET。

断电断网后一起跑到有wifi的餐馆用笔记本看电影，回来的时候已经凌晨三点，宽阔的海淀桥底红绿灯交错，一辆车都没有。我忽然和她说起，小时候看《哆啦A梦》，有一集大家都被缩小了，在大雄家的院子里建了一个迷你城市，每个人都有不同的愿望，不要钱的铜锣烧商店、站着看漫画也不会被老板赶走的书店……只有一个小配角，四仰八叉地往十字路口一躺，说，终于可以躺在大马路上了。

有时候人的愿望就这么简单，只要这样就好。我犯愁的高薪工作，她希冀的常春藤，都比不上这样一个愿望。

她说："现在就躺吧。"

我们就这样一起冲到了空旷的马路中间，趁着红灯仰面躺倒。

那是和躺在地板上、床上、沙发上都不一样的感受。最最危险的地方，我却感受到了难以形容的踏实。只有柏油路才能给你的踏实，只有这个朋友在乎你、懂你才能给予的踏实。

我想问，我是你最好的朋友吗？

当然没有问。我怎么能毁了这么好的时刻。

建国60周年庆典前，长安街因为游行彩排的缘故时常封路。我的姨父在机关工作，送给我两张《复兴之路》的门票，我们一起去人民大会堂看，结束时已经十一点，地铁停运，长安街空无一人，打不到车。

她说，那就走走吧，走过这一段，到前面去碰碰运气。

午夜的长安街只有我们俩，偶尔经过小路口才能看到两辆警车。我们饿得发慌，打劫了下班的小贩，狂奔着拦下人家的自行车买下最后两串糖葫芦，边走边吃。

经过某个著名城楼的时候，她忽然说："等爷牛大发了，照片摘下来，换你的！"

我们哈哈大笑，武警也看着我们笑。

我说你听过那首歌吧，《最佳损友》——我们可不要变得像歌词里面写的那样。

她说我听歌从来不注意歌词。

也许是我乌鸦嘴，在那之后我们的关系变得很别扭。

我说过，L 是个内心骄傲的人。我虽然屄，却也一样不是真的甘心堕落。

即使抄作业混日子，该有的履历我们一样不缺，稍微粉饰一下，成绩单、实习资历还是很拿得出手。她开始闭关准备出国需要的 PS 和推荐信，我穿上一步裙高跟鞋去参加各种面试。

多奇怪，曾经那么多脑残又丢脸的事情都能结伴做，忙起正经事却变得格外生疏。我问她申请进度，她一边忙碌一边说就那样呗；她问我小说交稿了吗，我说瞎写着玩儿的还真指望能出版吗……我们之间并没有什么竞争关系，无论是未来的方向还是心仪的男生，都差了十万八千里。我们不妒忌彼此。

所以我至今想不通。

难道说我们只是酒肉朋友，一触及对方内心真正的禁区，就立刻出局？我小心翼翼地把出的第一本书送给她，一边装作送的只是脑白金大家一起哈哈哈笑一下就好，一边却在内心很希望得到她的认可。她只是说："哟，出了？"就放进了柜子里。好久不一起吃饭，忽然她蹦到我面前说"我拿到 X 校的 AD 了，奖学金还在路上"，我也没给出应有的欢呼雀跃和祝福，居然笑得很勉强，勉强得像是见不得人好似的。

可我们到底有什么仇呢？

我不曾避重就轻，我实在不知道。如果真有什么阴暗的秘密怨恨，恐怕也不至于耿耿于怀至今日。

那首她没有听的歌词是："一直躲避的借口，非什么大仇，为何旧知己，在最后，变不得老友。"

毕业典礼她没参加，飞去英国参加夏令营了。

L 发给我的最后一条短信是：毕业快乐。

我问你去哪儿了，她说毕业快乐。

如果你觉得这个故事的结尾断得莫名其妙，那我想你明白了我的感受。

这世界上大部分友情，不过无疾而终。

校园女生需要朋友更像是草原上的动物需要族群，并非渴求友情，只是不想被孤立，所以哪怕不喜欢这个朋友也需要忍着过日子，久而久之有了点儿感情，回忆时一抹眼泪，都能拥抱着说友谊万岁。

我一直说我和 L 与她们是不同的，就像动画片中美羽气急败坏地强调，我们是至交，至交。我们没有凑合。

至交。为何连人家的十年重聚首，朋友一生一起走都无法拥有。

当我离开了校园，也就没有了寻找族群的需求。我发现成年人不必总是掏心掏肺，也没有人想要抚摸你的肚皮，天大的委屈只要睡一觉就能过去，咬牙走呗，走到后来即使谁问起都懒得梳理前因后果了。

谢天谢地，毕业时我才失去她，这样会好受很多。

福岛地震的那天，我终于收到她的邮件，她以为我又回到日本留学去了，问我是否安全。

她是多不关心我才能记错我的去向，又是多记挂才会这么急切。

千言万语哽在胸口。我们聊了几句，早已没有当年的默契。太多话需要背景介绍，我们都懒得说太多。

这次，两只狗都没有露出它们的肚皮。

昨天走在路上又听到这首歌。

从前共你促膝把酒

倾通宵都不够

我有痛快过，你有没有

L，你有吗？

"千佳，我们是至交吗？是吗是吗，是吗？"

在动画片里，千佳最后被美羽烦得不行，斜着眼睛看美羽说：

"算吧。"

时间里的我们
各站停靠

张皓宸
————
作家、编剧
代表作《我与世界只差一个你》
微博@张皓宸

　　一直觉得"朋友"是个很妙的词，看起来比"恋人"平淡，又比"陌生人"要脸红心跳。

　　已然翻过二十五个年头，再提到这个词还是五味杂陈，甚至比那为数不多的几次恋爱都要刻骨铭心。时光经过了我们，也还是有那么几个走不散，一张损嘴，一颗真心，就组成了好多年。

　　我小学是个典型的技术宅男，玩《仙剑奇侠传》98柔情版认识了几个兄弟，一到周末就三五个挤在我家电脑前走迷宫过剧情，上体育课还要玩真人角色扮演，那个时候他们老让我演赵灵儿，虽然嘴上骂脏话但心里甘愿，因为每次搞怪扮丑的时候都能把围观的女生逗乐，当时我喜欢的女生也在其中。不过鉴于那女生光芒太刺眼且早恋该死，我的懵懂暗恋无疾而终，倒是跟几个兄弟培养了革命感情。升初中的时候因为没分在一个班还跟家长老师闹过，后来是我们妥协，说下课要约出来一起玩，放学要一起走，要做一辈子的好兄弟。

当然，我们没兑现诺言，初中三年一过好像谁也不认识谁了。

后来上大学的时候，在车站碰见过其中一个兄弟，他变了样，身边还跟着一个女生，我没敢认，听朋友说他们毕业就要结婚了。还听说另外一个兄弟大三当交换生去了美国。当初我们因为《仙剑奇侠传》结局赵灵儿的死还不争气地在电脑前抱团哭过，后来出了胡歌的电视剧版，只剩下我一个人哭。想想还是挺伤感的，不过没关系，只要他们过得好，我也开心。

诸如此类的人生遗憾还有很多，比如初中爱上听流行歌，班上周杰伦林俊杰 S.H.E 几派纷争，碰巧我同桌也是个爱音乐的男生，胖子一枚，我叫他大庆。大庆家里有钱，我们还在用复读机听磁带的时候他就已经抱着 CD 机傲视群雄了，每到下课，我俩就分享一条耳机，就连放学也要一起去学校对面的音像店，跟老板娘刷好几回脸熟才肯走。我们唱着圈圈圆圆圈圈，唱着我要一步一步往上爬，等过预售专辑，上课做过偶像剪报，去酒店堵过明星，本说有福同享有难他当，结果在我们这么浪掷的三年青春过后，我中考光荣落马，连本校高中都要靠老爸找关系才能上，大庆呢，不尽好富二代的本分，偏偏做个隐藏学霸，毕业去了市里最好的重点高中。

当时手机发条短信一毛钱，发五条都可以买包辣条了，我这等穷人只得作罢，用起最古老的书信方式跟大庆联络感情，久了便失了趣味，信笺之间的字

一直觉得，朋友，是个很妙的词，看起来比『恋人』平淡，又比陌生人』要脸红心跳。

句忘了，只能依稀记得信封上那句标准的"谢谢邮递员"。

跟大庆失联后，很快在高中找到下家，以我座位为圆心的一圈男男女女，后来都成了朋友。那时父母老师把"高考完你就解放了"这面锦旗早早颁给了我，因此我的高中生活变得很平淡，除了学习还是学习。我们这几个熟稔的朋友，一起给对方出拼音题，一起加入书友会，一起顶着熊猫眼和满身试卷油墨味儿战战兢兢地走这根独木桥，高考成绩下来，也没负那一起征战的时光。

我在毕业同学录上给他们每人写了一篇800字作文，措辞大概都离不开"一辈子的朋友""永远在一起"这种矫情的字眼，结果到现在，他们在哪里，在做什么，我全不知晓，唯有在电影里书本里看到"高考"二字时，想起那些累成狗的岁月，几番感叹罢了。

抹一把泪，不是不珍惜，而是我们谁都没逃过时间的流逝，距离让我们生活在同一片天空，却给了两个平行的世界。

毕业后我成了北漂，为了跟爸妈宣告独立，不肯找他们要钱，靠着几百块的稿费支持生活。那会儿，还好有奇异果先生收留我，他是个跟我生日只差两天的"逗比"，所谓的独立音乐人，但我知道，这不过是一个徒有其表的称号，背地里他是个几近穷酸的秀才。他跟我一样，不愿父母挂心，报喜不报忧，经济状况也不容乐观，于是我俩挤在他在天通苑租的次卧里生活了几个月，每天叫12块钱的盒饭吃到想骂人，但也没忘了我们游荡在北京的目的，我趴在床上码字，他戴着耳机一首接着一首写歌。

心里想着——梦想还是要有的，万一实现了呢。

我之所以叫他奇异果先生，是因为与他的大名音同，且他那为数不多的粉丝也叫这个水果名。我不爱吃奇异果，在我印象里，那是每一口都泛酸的水果，就像当时跟他相处的那短暂时光，酸酸的，落魄地为梦想亏待生活。万人狂欢的跨年夜，我们在小次卧里伴着他的新歌跳舞，那个时候，我们共苦，以为今后好了可以同甘，可真等到现在两个人生活顺遂的时候，却不像过去那样热络了，倒不是有了隔阂，而是好像彼此默契地成为对方的后备，关注着，点着赞，你好我也好。

记得我找到住处，从他那个小次卧搬走那天，奇异果先生对我说："想想这段时间真的挺开心的，不说什么遇见你让我变得更好这样的话了，就一句，至少在我现在最好的时候，能有你一起分享。"

这是他"逗比"那么久唯一矫情的一次，我恨不得丢了行李跟这个好基友日月为证歃血为盟。

从奇异果先生那儿搬走的契机，是出版了第一本不成气候的书后，认识了一圈同行，杯盏间似乎把彼此的性格和好形象都烙在心上，动辄会因为一首歌抱头痛哭，会因为一次三国杀谁是卧底的游戏编上好大一段你侬我侬的友情箴言，那段时间大家经常在一起，活得特别文艺，也因此变得多疑，怀疑朋友是不是真心对你，像是爱上哪个姑娘后嗅觉敏感的私家侦探。后来因为一些误会就丧失了继续交往的信心，不是都说了么，那些会误会你的人，从一开始就直接跳过了信任，你的所有解释，不过是骗自己对方还在乎你的借口罢了。

恍恍惚惚又是一年，跟好友搭档出了图文书，终于找到适合自己的路，成绩不错，梦想算实现了大半。我写着那些疗愈别人的鸡汤，潜意识也告诉自己，你必须要更坚强，更懂是非，带去更多能量，久了也自成一颗强心脏，像飞人般略过了很多弯路。

这之后当然又认识了很多新的朋友，但心智早已成熟，不会在一开始就承诺一辈子，不会对别人抱有任何期待。知道别人帮你是运气，不帮是应该的这个人生大道理，很少去酒局，很少玩桌游，很少熬夜，很少为非作歹。哪怕冠着朋友的称谓，也很少有相聚的时候，但时间不会让我们缺失共同语言，每一次隔了好久的见面，也就像昨天才聊天玩笑过。

后来发现，越是情浓，相处越是平淡，越是真实，越不需要热闹的假象。聚时一团火，散时满天星，是最舒服的方式。

朋友之间最好能一起进步，今年大家在一起只会喝酒唱歌玩桌游消磨时间，明年就会头脑风暴商量一起做件大事，能让朋友渐行渐远的从来都不是距离的远近或是联系频率的高低，而是价值观变得不同而觉得脱离了彼此的世界，一个正在未来，一个还留在过去。

在网上看到过一句话："如果不能成为别人的礼物，就不要进入那人的生活中。"所以最好的友情，应该是让别人拥有你，跟拥有礼物一样吧。

有天晚上神经质地点开 QQ 空间怀旧，上面还是那么多玛丽苏段子和火星符号，加了锁的相册里面全是大学时跟室友胡闹的照片，看到我们寝室那个接吻狂魔就想哭，我们寝室四个都被他亲过，我还说他一定是 gay，妈的结果他现在都结婚了，老子还是单身。好友的相册里还有好多都快叫不出名字的人，有的胖得对不起进化论，有的整了容，有的小孩儿都两个了，有的刚考上了公务员，还看到小学喜欢的那个女生，脸上长了好多痘痘。

突然觉得青春恍若大梦一场，但醒来后的怅然若失，也不过如此。我可能此生再也不会跟小学那几个兄弟相聚了，大庆也终于消失在我的世界里，飞扬跋扈地当好他的富二代，我也不会再敲开奇异果先生的门，问他，兄弟，借个宿呗。

　　有些人，相遇时没想过会失去，但此刻已永远地失去，还没来得及告别，时间就霸道地给了一个拒绝。

　　最近在蔡康永的节目里，听到他说了一席话，大意是说，友谊这件事现在被包装得非常华丽跟高贵，但等到我们人生历练多了之后就会发现，人生的每个阶段会有不同的好友，所以不要把友情放到一个高度上，而是成为你生命的厚度，好朋友是把好东西带到我们生命里来的人。

　　转念想想，其实真的是这样。

　　有人把人生与朋友的关系做了很多比喻，我觉得最贴切的还是像列车，有人在这站下，有人下一站，也有人终点才下，每个人都有每个人的去处和目的地，他们下了车，你别挽留，因为会有新的人上来，能陪你到最后的，只能说你们目的地相同，那些离开的，就成了最好的回忆。

　　而人都是靠回忆活着的，愿他们安好，比自己还要好。

希望我们是
永远的朋友

Word 文字 · 飞行官小北

Picture 图片 · 暴暴蓝

飞行官小北

———

作家
代表作《那时，我们还不怕相爱》

微博@飞行官小北

我是个朋友不多的人。

虽然不多，但知心的的确有那么一两个。我们心有灵犀，无话不谈，且永远都不可能翻脸。即便因为工作太忙不常联系，再见面时也绝不生疏。每念于此，我便能心满意足，别无他求——你是不是以为我会这么说？不是的，我不打算这么说，因为这不是真的。

我有那么一段时间特爱说"发小儿"这个词，是从北京话里偷学来的。每需介绍我那几位关系比较好的老朋友，我都会说这是我发小儿。也不知为什么，说发小儿的时候感觉特棒，牛气哄哄的，就好像在说我从小就没孤单过。刚查了一下百度百科，里面这样解释发小儿：发小儿是北京方言，是指父辈就互相认识，从小一起长大，大了还能在一起玩的朋友，一般不分男女。

但其实我没有发小儿。我口中的那几位发小儿仅是我的高中同学，父辈们不认识，从小也没有一起长大，只不过恰巧进了同一所高中，同一个班级，玩得比较好，现在还算有联系。所以说发小儿跟炫富是一个心态，只不过炫的不是财富，而是朋友。是的，在我这里有朋友是一件值得骄傲的事。不是有这么一句话么，人越缺什么就越爱炫耀什么。虽不能一概而论，但在这件事上是成立的。可能我从骨子里，就是一个非常怕寂寞的人吧。

我到现在仍会对十几年前发生过的一件事心有余悸，事儿不大，但戳着了我的痛处。那时我刚上初二，在某节英语课上，老师用英语提了一个问题：谁想介绍一下他最好的朋友？没有人举手，我也没举，但我很不幸地被点了名，后来才明白老师上课提问时要避开他的目光。我哆嗦着站了起来，慢慢在六十多张面孔里寻找我最好的朋友，找了一个世纪都没有找到，因为我真他妈不知道谁是我最好的朋友。最终，我硬着头皮指了某位男生。我能看出他也是硬着头皮站起来的，因为我俩就是放学顺路，经常一起走而已。

我之所以对这件事仍心有余悸，是因为当我现在扪心自问，或者当有人问起我类似的问题时，我仍答不上来。前几年我倒是不这样，前几年我觉得自己有很多朋友，其中有很多是我最好的朋友。

首先说说那几位发小儿吧，也就是我那几位高中同学。为描述方便，我还是继续管他们叫发小儿了。我的发小儿一共有三个，其中两个现居老家，另一

个在南方。我们的关系于多年前同去乌镇游玩达到峰值。乌镇的风景一般，但那是我最高兴的一次出游。我们还由此得出一个睥睨天下的结论：旅游开不开心不取决于风景，而是取决于身边的人。在乌镇的最后一夜，我们就着月色兴冲冲地做了一个决定：之后的每一年，我们都要去一个地方旅行，明年是成都，后年是大理，再后年是香港，再再后年是海南……

但我们再没有一起去过任何地方。

其实在乌镇之后的第二年、第三年，我是提议过的，只不过发小儿们凑巧都有事，不是这个忙着考研，就是那个没有年假，因此也就没有响应组织起来。虽然有失落吧，也绝对能理解，毕竟这些因素不是他们能决定的，你不能让他们放下一切跳出来，陪你仗剑走一趟天涯。大概是从第四年开始吧，我终于失去了继续提议的勇气。不是因为不期待和他们一起出去玩——这可能永远都是我这辈子最期待的事情之一，而是因为，嗨，说出来挺不好意思的，因为我在朋友圈里看到了他们各自的旅游照，和他们生活中出现的一些新朋友。

喔，原来是这个样子啊。

这就是我当时的第一反应。没有生气，也没有难过，就是恍然大悟，接着是一连串的自我责备：怎么会这么傻，这种事应该早点儿想到的。我怎么就这么自恋，以为一些人，就不可能被另一些人替代了呢。不过就算不能一起旅行也不算什么大事。毕竟我们心有灵犀，无话不谈，且永远都不可能翻脸。即便因为工作太忙不常联系，再见面时也绝不生疏，对吧。

去年过年回家，因为各种机缘巧合，我终于把这几个好久没见面的发小儿凑齐了。大家都很开心，也很兴奋，纷纷在群里讨论去哪里吃饭。终于，我们选了一家我们曾经都很喜欢的馆子，期待这场意义重大的相逢。不行，我写着写着都快要笑场了，因为那天啊，简直是个灾难——太难聊了，真他妈太难聊了，还不如跟客户开会好聊呢，简直像四个陌生人凑了一局，连酒都没法救场。除了生活中所关心的事物、困扰我们的实际问题不一样了之外，我们甚至连曾经引以为傲的、充满默契的语法、节奏、笑点都不一样了。唯一肯撑场面的，只剩下我们硬着头皮翻来覆去的，那点儿可怜巴巴的过去。

原来不在一起生活，是这么可怕的事情啊。

就是从那一刻开始，发小儿、死党、最好的朋友之类的美好词汇，我再不敢大言不惭地脱口而出了。可我真他妈想说啊，真他妈想搭着某人的肩膀，器宇轩昂地对周围的人介绍说，这厮跟我有过命的交情。不过后来，我学到了一个新办法来满足我这份虚荣心，那就是在这类词汇之前加上一个时间定语，比如：这是我上高中时最好的朋友，这是我大学时期的死党，这是我工作之后遇见的最能聊得来的人。

是不是挺无奈的。

再后来，成都、大理、香港、海南这些地方我都去了。有些是我一个人去的，有些是和另一些朋友去的。可能是我对乌镇印象太深，每每出行，我脑袋便会浮现那句：开不开心不取决于风景，而是取决于身边的人。便会不由自主地想到他们，想到此刻如果陪在身边的人是他们，会是怎样。直到几年后我又一次去了乌镇，这种心态才缓解过来。

去年夏天，我因为工作安排在上海多停留了几日，正巧有几个北京的朋友也在那边，我们便决定去周边自驾游。挺莫名其妙的，也算情理之中，我提议去乌镇。我说我去过乌镇，乌镇的月色很美，我想再去一次。他们也欣然同意了。我当时并没有意识到，我跟这几位北京朋友会在乌镇玩得很开心，开心到我甚至产生了愧疚之情，像是偷了情一样。可能是为了承认错误，也可能是因为心有余温，我把沿途拍下的景色发到了那几位高中同学所在的群。其中一位回复说，怎么去乌镇都不叫我们，旁边配了个撇着嘴有些委屈的小表情。我回复说，这次正好在附近，下次咱们一起去。他们说，一定啊。

但我知道，他们或许也知道，我们这辈子啊，可能都没有下次了。

由此，我似乎再不会对"永远的友谊"和"最好的朋友"耿耿于怀了。这当然不归功于乌镇的月色，还是归功于人，归功于我在我的生活里，遇到的这些很好的新朋友。上次跟自扯自蛋喝酒时聊到过这个问题，他算是解了我的惑。他说他跟后来认识的新朋友更有默契和感情，因为有得选的，好过没得选的。

那些在年少时因为上学顺路、坐同桌、住同一间宿舍而认识的朋友，当然会日久生情，甚至情分不浅，而等到这份牵系的由头消失，或是当那段岁月结束，这段情分十有八九也就跟着完结了。当然也有例外，这时由头就改叫缘分了，缘分是三生有幸的事，不可强求；而后来认识的朋友多是因三观相近、语法契合、兴趣爱好有交叉（可能最主要的还是笑点一样），彼此自主选择成为的朋友。

两情相悦的，总是要好过境遇安排的吧。

按照在朋友前添加定语的说法，我后来认识的朋友该被称作：自我离开校园后在天南地北结识的；对黑暗惴惴不安、对光明信誓旦旦的；以爱好为工作并且财力相当不至于窘迫的；能够随时喝酒胡闹到深夜的；或者来一趟说走就走的旅行的；以生活本身为乐趣、以自我成长为成就的；让我欣慰有这样美好的人存在，世界就还算有救的一群人。（当然，还得加上笑点一样。）

我非常怕像失去老朋友那样，不知不觉又失去了他们。人与人之间的不知不觉实在是件太可怕的事，相当于一场慢性的分道扬镳。虽然我深知在尽头等待我们的很有可能依旧是失去和离别，但还是会努力让大家在通往尽头的路途中走得再慢一些，努力让大家在平行甚至背道而驰的方向上相逢得再多一些，彼此影响，彼此进步，彼此慰藉，彼此理解，在这条本该踽踽独行的孤单大道上有个照应。甚至能——说句过于理想化的话啊——甚至能老死互相往来。

我相信很多人都应该跟我一样吧，虽然永远被永远这个词扇着耳光，但也永远对永远这个词趋之若鹜。也因此啊，对于那几个我不敢再称作发小儿的高中同学，我总感觉到惋惜。虽然我们连坐在一起吃饭都无话可聊，这辈子也可能没机会一起去旅行，但我可以肯定的是，我们绝不是不在乎对方了，绝不是。

和那几个发小儿（请容我再叫他们一次发小儿）吃过那顿令人尴尬万分的晚饭之后，其中那位从南方赶回来的发小儿给我打了一个电话。我当时正走在回家路上，天气依旧很冷，我心里却瞬间一热。发小儿对着电话喘着粗气，应该是酒劲儿还没过，我"喂"了好几声也没有开口。突然，他问了我一句话，听声音像是带着哽咽。他问我，我们怎么了。听到这句话，我当时就不行了，一下子蹲了下来，在空无一人的大街上号啕大哭。我边哭边说，我也不知道。

我当时是真不知道，可我现在知道了。我们绝对是彼此在乎着的。从我们再次相见的那一刻，脸上露出的笑容和眼里发出的光就能看得出来，这种一上来就想先来个拥抱解解念想的热诚假不了的。只不过啊，我们不一样了。谁都没错，但就是不一样了。相对于"风一吹就散了"的散沙，我们更像是降落到别处的种子，各自扎根，扎根于不一样的土壤，各自生长，生长成不一样的模样，今后很有可能也会各自老去，消失于不一样的地方。

但有一些东西啊，是老去也抹不去的。

我一直对《蓝色大门》里张世豪的一句台词念念不忘，这句台词我引用过无数次——"总是有东西留下的吧，留下什么，我们就变成什么样的大人。"
我想在这儿对我那几位发小儿们，对我现在所结识的朋友们，以及我在未来有
幸结识的你们说一句，也许我们会相逢到老，也许我们会曲终人散，但无论怎样，
我还是要谢谢你们，谢谢你们肯在我这里留下一部分岁月，也谢谢你们肯收下
我的年华，我现在笑容这么开朗，一定是因为模仿了你当年的模样。

希望我们是永远的朋友。

If I Could
See You Again

Picture 图片 · Word 文字 · 暴暴蓝

暴暴蓝

———

摄影师、作家
代表作《陪你到青春散场》
微博 @ 摄影师暴暴蓝

当时间老人又拉过一片大幕，所有人都已有了结局，而我们，终于失去彼此了……

严格意义上来说，罗让是我的第一个网友。

那个时候我还在读高中，上网用 MSN 比用 QQ 多，那时微博还没有兴起，比较流行的是玩部落格。我用的是 MSN SPACE，因为页面比新浪的好看很多。那时候的我差不多把整个中学时的记忆都写在里面了，写满了我无病呻吟的牢骚和正当青春时的迷茫，搭配上我用我母亲给的三百万像素小卡片儿机拍的天啊云啊啥的，整体看上去很文艺。对，现在管这种叫小清新。后来微软将SPACE彻底关闭，我没能来得及保存那些文章，因此难过了很久，好像把自己的青春弄丢了一样。

罗让的部落格名字叫"被谁遗忘的城市"。他文笔真的很好，文章经常作为推荐放到首页上。我第一次点进他的部落格就被首页循环播放的钢琴曲吸引，直到很后来，在我最后一次见到罗让的时候他跟我说，那首曲子叫 If I Could See You Again。

第一次同他讲话，是我读高三那年。我在他文章下面留言说，你文章写得真好。过了一会儿，发现他跑到了我的留言板里留言说，你拍得也很好。就这样认识了。他是白羊座，我是双鱼座，性格上很合拍。

因为地域时差的缘故，我跟他的交谈常常是我这边打了很多话他隔天再回复给我。我同他讲我失恋了，我高考落榜了，我父母帮我填报了一个自己不喜欢的专业，我昨晚又喝多了，我买了一台相机，我的作品被杂志用了，我在一个又一个杂志发表专栏了，我想成为一个职业摄影师……他回复我说，他明年就去英国留学了，他读的是设计，他在英国住的公寓有一个很大的落地窗，他跟一个英国男人在一起了，那个男人年轻的时候是一名网球运动员，他父母强迫他回国……

可能是隔着网络的缘故，那些隐秘的、差耻的、无法面对面诉说的心事，更容易毫无保留地对彼此释放。这样断断续续的聊天整整横跨了五年，直到2011年的时候我们第一次见面。

罗让是上海人，大我两岁，我大学毕业那年他正好在英国读完研究生。后来我去北京创业，他回上海帮他父亲打理家里的生意。没接触过上海人之前经常听说一句玩笑，说中国人分三种，男人女人和上海人。我向来对这种地域性的玩笑嗤之以鼻，听到也往往一笑而过。罗让是一个非常细心的人，有很长一段时间我依赖于同他的对话。那些一个人在外地创业的心酸与不甘，那些看着坚持的梦想一次又一次破灭的心灰意冷，只有他最懂。他是我几乎跌落万丈深渊时拉住我的手，是我灰暗岁月中最明亮的太阳。他知道我喜欢抽烟，逢年过节必送我一些好烟，都是一些外包装很简单的烟，说是他爸朋友贿赂他的，是特供，市面上没有。每年过生日时，他的短信总是第一个到。我常常会有一种愿望，真希望他是我哥哥。

第一次见到罗让，是我去外地拍照路过上海停留一天。他站在新天地的十字路口等我，穿着很简单的白衬衫和亚麻色休闲裤。长得真是帅啊，我还是第一次在生活中见到一个男人能把白衬衫穿得这么好看。可能我后来迷上搜集白衬衫也是因为罗让吧，衣柜里差不多有三四十件了。我挺黑的，穿白色不好看，但每次试衣服的时候总会想这些衣服罗让穿起来会特别好看。

罗让的东北话讲得有模有样，说是在英国有个很要好的朋友就是东北人，私下里聊天跟他学的。其实我知道他是为了见我特意练的，怕我尴尬。其实我那个时候因为长期在北京工作生活家乡话讲得已经不是那么溜了，北京腔搭配东北口音，典型的二刈子调调儿。他一边说话一边时不时冲我笑，一口白牙弄得跟牙膏广告的代言人一样。他说："第一次看你一头黄色大卷儿长发的照片时以为你是女的，剪了头发后又以为是个T，看你拍的照片和写的文字觉得应该是个gay，见面聊了聊才确定是直男。"他一边说着一边摇头，"你给人的印象实在是太迂回了。"我说我去你大爷的我早跟你说了我是直男，他也回了句去你大爷的，口音特地道。

罗让是同性恋，刚在网上聊天的时候他就跟我说他是基佬。我那时候读高中啊，单纯得跟矿泉水似的哪懂这个啊。然后他就给我普及了一下什么是基佬啊什么是直男啊，挺长见识的。不过说实话，认识罗让后我对 gay 的印象都挺不错的，他们往往穿衣打扮干净得体，嘴贱但心细。比我在东北接触过的很多穿个大皮夹克戴个大金链子张口闭口吹牛 × 的直男强，真的。

然后罗让特神秘地跟我说要带我去吃个超棒的小吃，我们就去小杨生煎排队了。"原来你们这些富二代也会来我们人民群众的店啊。"我白了他一眼，没好气儿地说。他嘿嘿嘿傻笑，递给我一支烟嘴里嘀咕着："来来来，尝尝我们上海本地烟，来来来，给我弟弟点上。"

我还记得那天的天气很好，下午的阳光软绵绵地落在他修整干净的头发上。他的发色微微泛黄，逆着光，很是好看。

闲聊时，他会跟我提到他英国的男朋友。说他们在机场分别后就再没有联络过，但他还是常常会想起他。也跟我说了他家里人知道他不喜欢女人这件事，老人家嘛，传统观念太强当然接受不了，一度以死相逼，他才不得不回国。他轻描淡写地说起这些时的语气太过平和，好像是在讲别人的事情一样无关痛痒。还不忘打趣说他已经参加了家里安排的几次相亲，有一个女生是某某集团千金，很漂亮很做作一定是我的菜。听他讲这些我真的有点儿难过，我知道他是心痛的，因为我了解他。但他说起这些时分明是笑着的。后来我在网上看到一句话，大概意思是，微笑着去述说一些难过的事，可能就没有那么心痛了。我想罗让当时一定就是这样的。

再见到罗让，又整整过去了一年。我在北京的工作越来越忙，每天都会上网但少有时间去跟朋友聊天，其间三不五时还会和他通通电话，还是像以前一罗让，你走以后我离开了北京，北京让我不快乐。

你知道的，我回到这个寒冷的北方城市，这里冬天依旧会下很大的雪，以前的我很喜欢雪，但是现在每次下雪我都害怕，我都会躲在家里，因为我很怕想起那天晚上接到你姐姐电话后的感觉，好像是心里的太阳忽然不亮了，全世界所有的希望都变成绝望了。应该跟哈利·波特遇见摄魂怪时的感觉是一样的吧。

样聊着各自的近况。当然大多时候我是倾诉的一方，他是倾听的一方。他说他觉得我成熟了很多，喜悦和哀伤已不形于言表。他说为了关注我他特意弄了个微博，我每天发的文字和照片他都看，偶尔闲得蛋疼时还会和在我微博下面说风凉话的小孩子吵两句嘴。他还说，看到了我实现了学生时代的梦想他真的很高兴。我问他："那你的梦想呢，实现了么？"他笑着回答说："应该就快实现了吧。"其实问完这个问题的一瞬间我就特别后悔，因为我知道罗让的梦想。

回到英国，回到那个有很大落地窗的公寓，回到他爱的人身边。

罗让去机场接我，然后带我去静安寺旁边的一个酒店。上海十月也是很热的，他穿一身黑西服扎个领带开个小跑车，浓厚的小开范儿。我说大热天的你不怕闷死吗，接我用得着穿得跟个伴郎似的吗？他说他现在天天去他爸的公司上班，办公室冷气太足，还说他的西服是啥啥名牌。我鄙视道："啥好玩意儿穿你身上都跟卖保险的似的。"他还是看着我嘿嘿嘿地傻笑，还是老样子，递给我一根烟，说："来来来，我把车窗打开给我弟弟透透气，来来来，给我弟弟点上。"

那天晚上罗让说他心情不好，让我陪他喝点儿酒。一提到喝酒我挺来精神，其实我这人酒量一般就是酒胆够足。连忙说："好啊好啊，走着走着。"罗让说："我知道你们老家喝酒都按箱按瓶喝，真没劲。今天我们按街喝。"这套路我还是第一次听说，挺新鲜。他说："看到这条路了么，我们就沿着路边走，路过一家便利店就进去每人拿两罐啤酒，坐门口喝完再走，直到这条路走到头。"我一琢磨这主意挺浪漫连忙拍手赞同，白羊男就是有创意。

上海的夜晚真是美啊，明晃晃的霓虹灯会亮一整晚，风吹过街道两旁的梧桐时树叶沙沙作响，声音格外醉人。那天晚上罗让话特少，只是不停地抽烟，我以为他的心结还没解开也就没多过问。他喝酒我就陪他喝，一直喝到第七家便利店，我实在是有点儿喝不动了。我了个大靠太他妈失策了，这上海开便利店的是有病咋的，隔五十米就来一家真不担心抢生意。罗让酒量真是好，跟没事儿人似的还不忘揶揄我说我没用。我喝红眼了喝了吐吐了喝，大声喊着《北京乐与路》里耿乐的经典台词："男子汉大丈夫不挣窝囊钱，不抱小骚货，不喝跌份儿酒！来，继续！"豪情万丈但真心高了。后来一听到全家电动门的铃声就条件反射想要吐。那时候已经是后半夜两点了，罗让给我买了杯热牛奶，我迷迷糊糊的看到他满眼的血丝，好像还哭了。我本想说两句好听的安慰他，最后却让他跟便利店的服务员说说，能不能换首歌放放，我一听这首歌也想哭。

"就算你壮阔胸膛，不敌天气，两鬓斑白都可认得你。"我每次听到这首歌都特想哭，真的。

最后一次接到罗让的电话都快过春节了，号码是罗让的，打电话的却是别人。当时我正在跟几个高中同学吃烤肉喝啤酒，觥筹交错忆往昔峥嵘岁月稠呢。电话通了我上来就是一顿狂喊："罗让你他妈的一天天的也没个动静，微信短信都不回，是不是去死了啊，心里到底还他妈有没有我这个弟弟啊。"一听电话那边是个女的，我怪不好意思隔着空气一顿点头哈腰。那边说："你是暴暴蓝吧，你换个地方，太吵了我听不清。"然后我走到饭店门外，听着电话那边慢慢说着："你好暴暴蓝，我是罗让的姐姐我叫罗谦。"我连忙回应说姐姐您好姐姐您好，心里却笑着合计这姐弟俩名字起的还真讲文明懂礼貌。之后她姐姐说的话就让我一点儿也笑不出来了。她跟我说："罗让没了，上个星期走的。淋巴癌，十月份下的诊断，发现的时候已经是晚期了。他一直瞒着家里人来着，昨天下葬后我翻他的电话簿，发现你的备注名是——我最亲爱的弟弟，我就想，这个事还是要跟你说一下。"

这个城市的冬天特别的冷，那天晚上下着小雪，街上的车辆川流不息，人们都为了迎接新年忙碌着。我傻坐在饭店门口的台阶上，旁边有一个售卖烟花爆竹的摊位。记得我跟罗让说过，东北过春节时是多么多么接地气，有机会一定让他来沈阳过个年，尝尝正宗的猪肉炖粉条，再把我那些能喝酒的兄弟都叫上，喝个大醉后再去放鞭炮，放到嗨。

我想点支烟，手却一直抖一直抖怎么也点不着。然后我分明听见了罗让的声音，真真切切。他在我耳边低喃着："来来来，给我弟弟点上。" 然后我就哭了，是那种撕心裂肺的干号。我站在南京街的马路中央，一遍遍声嘶力竭地喊着罗让的名字。朋友们都被我吓傻了，不知道发生了什么都不敢上来劝我，只是在旁边帮我拦着来往的车辆。过了很久很久，我嗓子哑了，哭累了，眼泪在脸上结了一层又一层的薄冰，我用手使劲地蹭，也不觉得疼。

我在微博上看过一段话，是这么说的："我们越来越大，记忆越来越长。到后来，每一场雪都会让我们想起曾经下过的雪。"我在这个北方城市长大，经历过无数寒冷的冬天无数场冰雪，但都没有那个晚上的雪寒冷。

"罗让，你走以后我离开了北京，北京让我不快乐，你知道的 。我回到这个寒冷的北方城市，这里冬天依旧会下很大的雪，以前的我很喜欢雪，但是现在每次下雪我都害怕，我都会躲在家里，因为我很怕想起那天晚上接到你姐姐电话后的感觉，好像是心里的太阳忽然不亮了，全世界所有的希望都变成绝望了，应该跟哈利·波特遇见摄魂怪时的感觉是一样的吧。我经常会去上海，但是再也没有吃过小杨生煎。还有，每次听到全家便利店的开门铃声就会想起你。百威啤酒我也不喝了，也很怕再听到那首 If I Could See You Again。你看，你教会我的那些勇敢我都留着，但是你也为我平添了这么多胆小。

"罗让，我很想你。"

我们的
朋友

图片 文字 · 暴暴蓝

暴暴蓝
————
摄影师、作家
代表作《陪你到青春散场》
微博@摄影师暴暴蓝

　　毕业那天，我们寝室六人留下的最后一张合影。后来再见面，他们问我，大学四年里，哪件事情记忆最深。

　　我说是刚入学的那年夏天，我们刚刚踢了一场球回来，寝室老大崴了脚，那一阵子，满屋子都是药伤膏的味道，很难闻。不过这种味道在之后每次遇到，都会让我想起在大学经历的这几年的好时光。

　　其实这件事情说起来，一点都不特别。比如烟与酒，比如茶与往事，无关浓薄轻重，记得的便是好的。

　　多可惜又多万幸，这样的夏天再也没有了。

2011 年 6 月

2010年10月

在北京的工作室，浩森和文子来找我玩儿，恰好我们那天穿了同样的T恤。

前阵子我把这张照片翻出来给他俩看。我说，看，那时候我们真年轻。文子说，瞎感伤什么，现在又不老。我说，年轻和不老，还是不一样的。

2012年11月

在哈尔滨的松花江边 还有苏菲亚教堂旁的广场上

上海书展刚结束。我、草叔、二熊、Pano、陈晨一起出来唱歌喝酒。

有的时候我就会想啊，快乐这个东西，或许老天发给每个人的都是定额定量的，用了一点就少一点，所以我每次都不太敢用力，总想着省着点儿用。

2014年8月

我的朋友
小五

Word 文字 · 一蚊丁
Picture 图片 · 暴暴蓝

一蚊丁
———
作家
代表作《有我陪着你，什么都不怕》
微博@一蚊丁

　　玩微博四年，我是怎么从一个内敛的文艺男青年，变成一个节操尽失、三观俱毁的段子手的，自己都已经弄不清楚。我只知道在我的段子手生涯中，我的朋友小五是灵感的源泉，是特别重要的存在。

　　在我的微博搜索栏搜索"我的朋友小五"六个字，一共有 102 条微博，也就是说，我写了 102 条关于小五的段子，塑造了一个蠢呆没脑的单身青年形象。

　　例如有一条是这样的：

　　我的朋友小五做过一件浪漫的事情，有一天他看到喜欢的女孩在楼下，立即折了一架纸飞机朝她飞去。飞机像有魔力似的，不偏不倚正好落在女孩胸前，她转过头，看到小五在楼上大声地朝她欢呼：还说不是飞机场哈哈哈哈哈……

还有一条是这样的：

我的朋友小五去见女网友回来，有点儿不高兴。"是你喜欢的类型不？""是。""那你怎么不高兴。""她说我没劲。""你不是挺会逗人开心的吗？""可我拧不开饮料瓶盖。"

很多人问过我，小五是我的生活里真实存在的吗？

是的。

我和小五认识的过程，现在还偶尔用来开玩笑。那是刚念初一的第一个晚上，大家终于抛弃了小学生的名头，对新的阶段充满好奇和拘谨。

我们的第一次对话就这样开始。

我："嘿。"

他："嗯？"

我："和你换个座行吗，你旁边的是我小学同学，我可以给你一块钱。"

他："啊。哦。"

说出"给你一块钱"这样感觉挺羞辱人的话，其实和我的性格有关，我一向不擅长交流，更不好意思麻烦人，所以麻烦人的时候总会下意识地想要给予补偿，而当时我的口袋里刚好有一块钱。也就是说，如果当时我的口袋里有一根棒棒糖，我的话就会变成"和你换个座行吗，我可以给你一根棒棒糖。"

但是小五不仅没有觉得我的话带有羞辱的成分，反而想到了其他东西。

我们的县城虽然不大，但是小五之前一直是在县城的郊外念小学，对第一次接触我们这些"城里孩子"抱着忐忑的心情。

只见他愣了一下接过我的一块钱，若有所思地和我换了座位。然后在第二天晚自习的时候又把一块钱递还给我："今天的英语作业借我抄一下。"

换座位、抄作业、杂志借我看看……所有的一切都是金钱交易，这就是小五对"城里孩子"的第一印象，并且很快地"入城随俗"，让后来知道真相的我哭笑不得。谁能想到，在祖国偏远地区的一个小县城里，万恶的资本主义曾经盛放过一朵灿烂如斯的花朵。

我和小五是怎么成为朋友的我已经不记得了，但是我们成为朋友后经历的一些事，就像霸王龙的脚印一般，在回忆的道路上永远绕不开。

小五在初中时代最喜欢一件事和一个人：踢球和英语课代表阿雅。所以即将到来的班级对抗赛对他来说意义非凡，那可是阿雅会来观战加油的比赛。于是我被他用一套《海贼王》漫画收买，成了每天放学后陪他练习射门的临时门将。

"猛虎射门！"小五学习他的偶像——《足球小将》里的松仁在射门的时候大声吼道。

"为什么感觉这个威力不像猛虎像只兔子？"他问我。

"要不试试别吼，直接踢？"

"好像真的好一点儿了，为什么啊？"

"因为你把力气都用来吼招式了。"

"哦……原来漫画都是骗人的。那我的计划泡汤了。"

"你什么计划？"

"把射门的招式命名为'AY射门'。"

"阿姨射门？"

"滚！是阿雅！"

后来的比赛很精彩，同学们都说全场狂奔的小五像打了兴奋剂一样。只有我知道他真的打了，而且很多针，每看向阿雅的方向一眼，算一针。那场比赛小五收获了最多的欢呼声，并在赢得比赛后趁着头脑发热找到阿雅说了些什么。总之在那个严打早恋的年代，他们把《流星花园》里的情话揉进纸团里，把《星晴》的旋律稀释在空气中，用编过码的眼神隐秘而隆重地在一起了。

早恋的感觉当时我是不知道的，当然当我知道这种感觉的时候也已经不是早恋了。当时我记得最清楚的是，小五发呆傻笑的时间比以前多了很多。

"喂！醒醒！"我含了一口水喷他头上。

"怎！怎么了？我着火了吗？"

"知道你刚才傻笑了多久吗？"

"没多久吧？"

"没多久……你知道铁杵是怎么磨成针的吗？"

"啊？"

"给你一根铁杵让你磨，然后你磨着磨着想到了阿雅，边磨边想，边磨边想，醒过来的时候铁杵就磨成针了。"

"滚！"

"爱情走得太快就像龙卷风"，小五和阿雅的青涩爱情坚持了一年多，没有遭遇老师和家长的压迫，最后还是无疾而终，和99%的早恋一样。

当时小五把包括周杰伦在内的所有卡带都给了阿雅。"因为一听到里面的歌就会想起她，每个音符都是回忆的开关。"小五有些忧伤地告诉我，宛若情圣。然后拿起英语课本更加忧伤地说："你知不知道我们约会的时候她也不会忘了背单词，二十六个字母随便看到哪个都能让我想起她，看来以后再也学不好英

语了。""如果没有她你就会好好学吗？""不会。"

　　小五真的没有好好学过英语，他体验了大多数人没有体验过的早恋，却从没见过一张及格的英语试卷，所幸理科学得不错，拆东墙补西墙的一直不是一个差生。

　　上了高中以后小五就很少出现在足球场上了，因为常常凑不够踢球的人。

那时的我们迎来一个全新的网络时代，小小的县城仿佛一夜间开了十几家网吧，曾经和他一起踢球的小伙伴们，把抢球和冲刺的速度用在了奔往网吧的路上。

我们俩也没脱离这场大流。

《半条命》《暗黑破坏神》《传奇》《奇迹》……无论是联机游戏还是网络游戏，有段时间我和小五把所有放学后的时间都沉迷其中。其实只有我沉迷，小五把游戏和学习分得很清楚，我不行，那段时间我的学习成绩下降了不少。

于是有一天，在我又一次约小五去网吧的时候，他罕见地脸一沉："有没有觉得你玩得有些过头了。""干吗啊，你今天不想玩是吗？""以后都不玩了吧。还想不想考个好大学了？""你认真的啊？""比珍珠还真。我的账号已经卖掉了，你看着办吧。""卖……卖给谁啦，他还要多买一个吗……"

时至今日，我的记忆里提起友情会有四段影像。

一段是电影《心灵捕手》中，数学天才马特达蒙和往常一样在工地里和小本一起搬砖，小本突然说："你知不知道，其实我每天早上去叫你起床搬砖，都希望你已经不在房子里，去到了属于你的地方。"

一段是《海贼王》里，薇薇公主为了重建国家不能和路飞他们一起去冒险，路飞海贼团全体人员一起举起手上的 X 标志，表示大家的心永远在一起。

一段是《灌篮高手》里，一群混混要找樱木麻烦，水户洋平说："打架的事我们来就好，打你的篮球去吧。"

还有一段就是平时傻里傻气的小五，那天突然摆起严肃脸对我说的话。

我们这些在热血动漫、电影、游戏里泡大的孩子，即便现在我也还有穿越到二次元世界里，和几个小伙伴一起组队打怪，携手并进的幻想。仿佛只有经过这番洗礼的友情才会显得珍贵，让人放心。庆幸的是这样的幻想已经越来越弱，因为我越来越明白，其实我们一直在组队，BOSS 就是生活这个老怪物。小五那时扯下脸皮拉我回头，和身背巨剑的少年闯入敌阵搭救朋友又有多大区别呢？

上大学的时候和小五不在同一座城市，联系就少了一些，只是偶尔在网上聊几句，放假回家的时候聚一聚。直到快毕业的某一天，他打来一个电话问道：

"你是不是弄了个微博号经常编段子？""对啊，你怎么知道的？""那小五就是我咯？""啊……对啊……你怎么知……""老子弄死你！""哈哈哈哈哈……"

小五今年就要结婚了，我是他钦点的伴郎。不论我的红包打多少，都一定会多打一块钱，可以把我们瞬间带回认识的第一天，意义非凡的一块钱。而且虽然他要结婚了，但是在我的微博里，他会一直以蠢呆没脑的形象存在下去。

最后，再趁机编条求婚的段子做随礼吧。

我的朋友小五终于要求婚了，地点是他和女朋友第一次见面的地方。看到小五突然递上的戒指，女朋友顿时捂脸哭得稀里哗啦。她哽咽着问："上次偷偷去找前女友才是买一个包包认错，这次是买一枚戒指，你都干什么了？！呜呜呜……"

没想到吧，这次蠢呆的主角不是你。我想表达的和大家评论的一样：小五和他女朋友真是天生一对。

自在的
朋友

P.icture 图片 W.ord 文字 · 杨杨

杨杨
————
主持人、作家
代表作《你是最好的自己》
微博 @Young 杨杨

这是 2011 年夏天快来的时候，我们一帮好朋友在北京奥林匹克公园的一张合影。转眼四个夏天过去了，最左边的小两口儿换了新工作，偶尔抽空吵架，一直保持相爱；中间假装猫女的那位，自己当起了自己的老板，养的猫生了第二窝小崽儿，每天在家和工作室两头跑，还是一副不需要爱情的样子；最靠右的两位，两年前分手了，然后相继离开了北京，在空气潮湿且容易上火的南方壮大自己的事业。

虽然照片中的朋友都各奔东西，但你看那时候的影子还牢牢靠在一起，大概这就是我们会喜欢合影的原因吧。

前几天初中的好朋友蘑菇来北京出差，我们吃完烤鸭，顺着安静的长安街一路慢走、闲聊。我俩是发小儿，一起看过《流星花园》、一起唱过动力火车的《当》，还一起追过张含韵那届的"超级女声"，是彼此最熟悉的人，也是不太熟悉的人。熟悉是因为我们清楚对方小时候干过的每一件糗事，知道那些年里追过的男孩女孩；不熟悉是因为毕业后很少见面，在人生突飞猛进的这几年错过了彼此的成长，以至于除了聊聊"当时的我们"之外，很难再找到别的什么共同话题。

每次遇到旧朋友，他们都会语气略带关切地问："你真的打算一直留在北京？"也许在他们眼中，离家千里，孤身一人的北漂生活始终不是最佳的选择。那天蘑菇也问了我这个问题，我也习惯地笑笑说："在这里也有一帮朋友，没你们想得那么可怜啦"。仔细想想，在这匆匆也不太匆匆的几年里，理想固然是有的，但它就像是炉子上嘟嘟冒着热气的水，在理想烧至沸点之前，加热煽火的是那帮好朋友。就像开头那张合影里，右边两位离开北京去南方的时候，最不舍的也是我们。

十岁之前我们以为家人会陪伴我们最久，十几岁的时候我们以为初恋会陪伴我们最久，后来才慢慢明白其实真正陪伴最久的还是朋友。

工作以后，我们对家人开启懂事模式，把烦心事各种收着，报喜不报忧地打每一通电话。在同事面前尽量与世无争，图安稳；在爱人面前努力表现完美，图幸福；最后只有在朋友面前可以放下包袱，你交出一切，ta 负责接收，哭或笑都好，啥也不图。

好朋友就是那群一直互相嫌弃，却从未抛弃你的人。

　　双下巴（绰号）是我们朋友圈里最优柔寡断的，双鱼座，她谈的恋爱每段
都不太长，但即便是六个月的对象，从"闹分手"到"分彻底"这之间的过渡
期至少还要六个月。（所谓过渡期就是在刚分手后，光明正大地投入下段爱情

之前，前任情侣之间可有可无的藕断丝连。）过渡期刚开始的时候，大伙儿帮双下巴临时组建了一个恋爱扶贫志愿团，排班轮流安抚、照顾以及监督双下巴那颗随时准备服软的心。那画面通常是这样的：双下巴捧着手机打开微信，怎么回复，打几个字，隔几分钟，用不用标点，搭配什么样的表情符号，大家都会替她统一作战部署。既然双下巴已经成为感情里被分手的一方，作为朋友唯一能帮上忙的就是要在微信界挽回一点儿尊严，起码结束得漂亮点儿。

但事实往往是：每次散会时的意气风发，还是没能抵挡住午夜梦回时的意冷心灰，抑制半天的小思念，不知道在哪个微信滴咚的瞬间崩溃瓦解。双下巴心里所有的"舍不得"以及"心太软"都像她的双下巴一样藏不住也躲不掉。

在爱情里病来如山倒的大有人在，就好像你总以为自己可以改变那个人一样，朋友也总希望你可以不被爱情所改变。于是，当你决定为爱走钢索的时候，朋友们总免不了会发自内心地翻好几个白眼。

双下巴的不争气让恋爱扶贫志愿团自动解散。双下巴也开始对大家有所保留，甚至为了出门见前任一面，不止一次编出各种远房亲戚来访的借口。

其实我们谁不曾是这样，就像考试不及格的小学生不敢拿卷子给家长签字一样，表面上是胆怯、是害怕，骨子里却是不想再让爱自己的人失望。

我们之所以敢如此理直气壮地在朋友的感情生活里指手画脚，除了短则三五年、长则十年的友龄，更多的时候我们还有一张叫作"都是为你好"的通行证。好像此证一出，所有难听的话都成了爱的箴言，每个人都瞬间成了感情里战无不胜的高手。到底除了为你好之外，还有没有更重要的事呢？

前天理发，随手翻一本杂志，看到周迅的一篇专访，讲如何与朋友相处。

"你爱朋友，就让他们在你面前最自在，爱不是要令自己舒服，而是要令对方更自在，就这么简单。"

这个自在包含了两个意思，一个意思是你可以在朋友面前做自己，因为你的好与坏朋友早已了解和接受；第二个意思是你务必在朋友面前做自己，因为只有当你真正信任朋友的时候，才敢流露出最自在和真实的一面。

　　如果你想跟一个人成为好朋友，请让 ta 在你面前自在；如果有人可以在你面前自由自在，你也会因为有 ta 而感到放松愉悦的话，那么恭喜你，ta 就是你的好朋友，且偷着乐且珍惜。

红皮鞋
白嫁衣

Ｗord 文字 · 王臣

Ｐicture 图片 · 暴暴蓝

王臣
————
微博 ◎ 王臣

作家

代表作《一万个美丽的未来，

抵不上一个温暖的现在》

　　两年前，友人 F 便跟我讲，自己快要结婚了。听她这样讲，我自然也很高兴，只是，事情似乎有些不太顺利。两年过去，她再没提过结婚的事。F 是个要强的女孩，婚讯一类的事情自然不会轻易与人讲，能告诉我，必定已到十拿九稳的程度。可即便如此，婚期却始终没能如约而至。

　　是何缘故，我不便多问。

　　高二文理分科的时候，我与 F 相识。她为人热情，大大咧咧。我是她的前桌，她最常做的事情就是用笔戳我，让我很恼火，自然免不了吵吵闹闹。激怒我，仿佛是她枯燥的学习生活当中最大的乐趣。可时间久了，竟不知不觉变得比往日亲密许多，彼此称兄道弟起来。

高三，我的座位往前调了几排。F无法再用笔戳我，于是，只要老师背过身在黑板上写字，便有不间断的纸团砸向我。一回头，就会看到她幸灾乐祸的表情。十分可恶。

当然，她也有细腻的时候。F住校，我走读。赖床迟到，对我来讲是稀松平常的事。早饭，多数时候都是匆匆忙忙来不及吃。每每这样的早晨，课桌抽屉里总有她为我准备的小点心。我大概是个容易被"收买"的人吧。因此，我一直可以永无下限地原谅她在我面前所有的肆无忌惮和蛮不讲理。

高考前最后一节晚自习，F跟说我："下课你送我回宿舍吧。"我无法拒绝。一路上，我们并肩齐走，却都沉默无话。学校的道路两侧梧桐齐整，路灯昏黄的光照在她的身上，竟让我忽然觉得有些哀伤。是夜，无星无月，来日大概又是一个雨天。穷苍渺茫，整饬森严的夜色里，惆怅的行人竟只得稀疏路灯的一线温柔和光亮。

分开之前，心里忽然有些忐忑，仿佛是想要说点儿什么。比如，毕业之后要多联络、常见面，又或者是，别的什么。可到了她的宿舍门口，她只是背着我摇了摇手，头也没回地便向宿舍楼里走。是在那一刻，我开始有些了解世间别离的滋味了。

如同被腥咸的海水呛到。

胸闷，鼻酸。

喘不过气。

高考之后，我落榜复读。F考入省内的财经大学。每逢假期，总会来补习班看我。大概是为了照顾我的情绪，她从来不讲大学里发生的事情。多数时候，就是两个人找个茶餐厅，吃顿饭，喝点儿东西。聊的也都是彼此之间骂骂咧咧的陈年往事。时光慵懒，嘻嘻哈哈笑一笑便过去了。

这样，也好。

大一的时候，F曾专程来看过我一次。当时没有动车，她来看我要坐十个小时的绿皮火车，十分辛苦。凌晨，去火车站接她，有大风，吹得一颗心如夜色一般寂寥，却仍欢喜。空旷的车站退去昼时的拥挤和聒噪，竟也有如此清寂的时刻。

那一双大红的皮鞋，至今不能忘却。见到F的时候，她的脚已被皮鞋磨破流血。可是，她宁愿一瘸一拐也绝不脱掉。她说，她还从来没有这么认真地打扮过。彼时，我十分穷酸，连车站附近的旅店费用也支付不起。竟连让F好好休息这么简单的事情，我也做不到。她不怪我，她陪我一起窝在附近的网吧等待清晨第一趟开往我学校的公交车。

吃饭、逛街，吵吵闹闹又哈哈大笑。两天之后，F回了学校。我们一如从前，常通电话，重复说了无数次的陈年往事。彼此似乎从不厌倦。高中毕业之后，我们所共有的，也就只有那些朝夕历练的琐碎往事了。只是，自那以后，F再没有来看过我。

她恋爱了。

后来。其实，也没有什么后来了。也许是F恋爱了的缘故吧，我们的联络越来越少。她不找我，我便总做作地想着——或许自己也不方便打扰。最后，只有每年寒暑假同学聚会的时候才会碰到。岁月深不可测，藏着无数谜题，我仿佛是躲在灯会猜谜的拥挤人群里，走走看看，充满好奇，充满怀疑。

其实，我心里知道，哪怕与 F 经年不见，彼此的情谊也不会有丝毫消减。同学聚会时，她与我依然最是热络。聊天时候仍旧掏心掏肺，只是盘桓在我们之间的话题，不再是彼此一同走过的青春年月，大多是她的情感生活。而我的生活那样潦草、那样贫瘠，连想要与 F 分享的资格都没有。因此，多数时候是她讲，我在听。

五月，得知 F 终于确定婚期，中秋节前后。听此消息，心中大喜。仿佛是自己要结婚一般兴奋不已。吊诡的是，人在听说一件事情时候的态度与面对它的时候未必会完全一致。譬如，赴宴那日，除了欣喜，心中竟生发出另外的情绪来。说不清、道不明，大抵类似于"伤感"一类，令自己很讶异。是何缘故，我也不知。

婚礼那日，F 见到我便问："我漂亮吗？"我笑而不语，只点了点头。其实真该说一句，美极了。是真的，美极了。席间，喜宴同桌的旧相识们窃窃私语，唯我不愿言语什么。旁人的话，此时此刻对 F 来说毫无意义。世间万事万物，那一刻皆抵不过她身旁站着的那个人，还有她那一身繁丽卓绝的嫁衣。

婚礼上，见 F 的手由她的父亲紧握递至新郎手中时，脑海中忽然闪过昔年某个喝咖啡的下午，她对我说："要是以后你娶不到老婆，我也嫁不出去的话，我们就一起搭伙过日子吧。"也不知，今时今日的白嫁衣，是否还记得当年风尘仆仆的红皮鞋？

简媜有段话是这么写的：

我说人生啊，

如果尝过一回痛快淋漓的风景，

写过一篇杜鹃啼血的文章，

与一个赏心悦目的人错肩，也就够了。

白昼之月

Word 文字 · 自由极光

P 图片 · 暴暴蓝　杨杨

自由极光
————
作家、编剧
代表作《不婚女王》
微博@极光光

一

高中开学那天，我站在 S 中操场上的时候，望着眼前白色的教学楼，竟然有一丝恍惚。

怎么说呢，有种本来误了火车却又被春运大潮硬挤上去的劫后余生感。

我从来不是个差生，但对于 S 中高不可攀的录取分数线来讲，也确实只能算一般。

S 中作为一所市重点中学，在莘莘学子以及学子爹妈心中，俨然就是一列

通往重点大学的高铁。那么像我这种超常发挥卡着分数线进来的，只能算意外蹭车吧，挂在车厢外生死一线的那种。

开学后，我发现，跟我同命运的人竟然不少。

这样看来，嗨，声名远扬的 S 中最多也就是一印度火车。

我对自己的这个比喻很满意，光天化日的就笑出声来。

嗯，这大概就是所谓的差生的骨气。

栋梁是我在 S 中的第一个朋友。我一直好奇班里那么多女生，他为什么第一个跟我搭讪。当时他笑得憨态可掬："缘分呀，看你面善。"

后来渐渐熟了，他才跟我说实话："因为咱们班女生就你一个是短发，看起来比较 man 呢。"差点儿被我掐死。

那年冬天，我们班轮上负责学校公共区域清洁的值周，时任卫生委员的栋梁私下告诉我，他把我跟他都安排在门卫组，这是个闲差，负责每天早上戳在校门口监督骑自行车的学生下车入校，还有可以在早自习时间去吃早饭的特权。

可等正式的名单一出，我却莫名其妙被调去扫操场。

栋梁也不知道是怎么回事儿，只觉得自己办事不力，特别自责。我安之若素。

值周的倒数第二天，一下早自习，一团庞然大物猛然砸到我面前，栋梁那双胖手捏着拳抵在我桌子上，激动得声音都哆嗦了："我跟你说，我今天，我我我、我看到一个帅哥。"

我头也没抬："半裸的权相佑么？"

栋梁鼻子里哼了一声，嗔怪道："咱们学校的学生，花样男子那种哦！"

我很惊讶，栋梁的口味变化得真是令人猝不及防。

但在这方面，他一向不太能取得我的信任——连 Rain 他都觉得属于眉清目秀，让我怎么能相信他口中的花样男子长得不像施瓦辛格。

尽管他再三向我保证，并极力邀我在明天早上抓住仅剩的唯一一次机会去看看。

我对栋梁的保证并没有多大信心，但第二天早上，我还是跟他勾搭成奸看大门去了。

S 中的学生素质都不错，骑车的人到了校门口就自觉下车了，自觉到让我充分体验到了这项工作的无聊。当然，临近结束，我们也没看到栋梁说的花样男子。也有可能那朵花早就已经从我们眼前晃过去了，泯然众人矣，或者刚刚那个比他还壮的隔壁班体育委员就是呢？

但栋梁极力否认，死死盯着校门口斜坡的尽头，神情十分倔强。

我只能站在原地神游，考虑一会儿是只吃个煎饼果子，还是再加碗馄饨。

栋梁突然一把攥住我胳膊剧烈晃动："来来来来了！"

我顺着他的视线看过去，那个人穿着一件银灰色的羽绒外套，红色的自行车在茫茫的一片雪色里倒是非常扎眼。我没有戴眼镜，看不太清，只看出是个高个儿，体型也算标准，不是施瓦辛格真是太好了。他越走越近，近到我足以看清他的脸时，我愣了一下，下一秒，整个人就往前一迈，把路横拦住了。他猝不及防一刹车，自行车零件发出的金属摩擦声唤醒了我的理智，我心里一哆嗦，觉得现在自己肯定跟一山贼似的。

我自顾自地尴尬着，被劫道的男生竟然还很镇定，看我半天不吱声，主动问："有事儿吗？"

我抬头看着他几乎没怎么变的眉眼，也没好好措辞，张口就来了一句："你还认不认识我？"

每每回想起这一幕，我都恨不得穿越回去把当时那个二百五的自己踹飞——连名字都没报，让谁认得你啊？但那时候我竟然没有想到这一点，话一出口，只是莫名觉得有点儿紧张，手抄在口袋里，攥得紧紧的。

他的表情有点儿僵硬，从嗓子里发出"呃"的一声，声音拖了好长。

口腔里呼出的那团白色雾气在空中变换了几种形状，很快就消散得无影无踪了。

这极短的僵持让我感到说不出的尴尬，我瞬间明白他已经忘记了，几乎是条件反射地冲他一摆手："没事了，你走吧。"

他礼貌地一笑，顺势下了车，推着车子往校内走。

我没有再去看他，耳朵里听着那种鞋子踩在雪地上发出的嘎吱嘎吱的声音，突然生出一种丢失了什么东西的郁闷感。

栋梁没有想到我会来这么一出，估计等他走远了，才战战兢兢问我："认识啊？"

我只能含糊地说："算是吧。"心里粗略算了算时间，补了一句："九年前，我们做过一年同学。他叫李雪铭。"

栋梁露出震惊的表情。

没错，我认识李雪铭是在小学一年级。

当时我对他的印象，是一个坐在我后面的爱笑的小男孩。

那一年期末考试，我前一天晚上忘记削铅笔，于是转头向他借了一支。

二年级开学的时候，那个座位就空了，李雪铭转学走了。

我记得我当时有些难过。

后来那支铅笔也不见了，不知道是用完了，还是弄丢了。

七岁的我还不懂那种保存信物以便日后相认的桥段，何况那只是一支随处可见的市价一块钱的中华铅笔。

再回想起那天考试借铅笔的情形，我们好像还说了些什么别的，具体内容我已经记不清了，只记得那支铅笔削得尖尖的，写出来的字很好看。

这样淡薄的交情，记到现在确实有点儿难度，可我就是记得他，真是奇怪。

可他不记得我了，虽然这才是人之常情，但我心里还是忍不住有点儿难受。

那天晚上我躺在寝室的床上，辗转反侧，心有不甘。

　　毕竟我们抬头不见低头见的日子也有整整一年，说忘就忘了？那也太不够意思了。

　　我决定找机会再问一次。

　　栋梁特别积极地带来了李雪铭的消息。六班班长，级部第一，教室的座位是靠墙第二列第四排。啧，都赶得上人口普查了。不过我也吓了一跳，李雪铭现在居然这么牛了？要知道小学的时候我可是全校第一呢！

　　我几经辗转打听到了他的手机号码，盯着那串数字酝酿了一整个上午，措辞严谨地给他发了条短信，大体意思是，我是上礼拜校门口拦你的那个，我们小学做过同学，你还记得吗？

　　过了半小时，我收到了回复：不好意思，我不记得了。

　　那条短信在我手机里存到晚自习上课前，最终还是被我删掉了。

　　其实没什么不好意思的，我想。不记得就不记得，没什么。

　　后来我又想到，他可能是把我当成了他的众多爱慕者之一，是在找借口搭讪。我是那么俗的人么！不过仔细想想，好像还算可行。于是我也算在这次的重逢事件中受益良多，等到下次看上什么喜欢的男生，就试着用这一招。

二

　　高二的文理分科风云变幻，我们班被划成文科班，班主任也一直把我们当作文科班在带，如果班里大多数人都选文，那么就可以基本保持原班阵容，并不会造成太大影响。唯一一个问题，就是班里的前十名中，竟然有六个都选了理。

　　班主任对此很忧心，挨个儿找他们谈话，最后还是眼睁睁看着手下大将流失了三个。

但他终日深锁的眉头，最终还是被熨平了，这把超级大熨斗就是分到我们班的级部第一李雪铭。

班主任开始实行一种叫作"一帮一"的教学战略，以提高班内的整体水平。

顾名思义，就是一个好学生带一个差生。

当我看到新的座次表的时候，虽然提前做好了心理准备，但还是有些顺不过气，我居然真的算个差生？

比起这个，更让我顺不过气的，是我的新同桌，竟然是李雪铭。

这可太尴尬了。

早知道这样，打死我我也不会没头没脑就冲上去企图相认，后面更不会再发什么短信，这下我该怎么面对他。我只能默默祈祷，但愿他已经忘记了半年前那个拦路的女山贼。

事实证明，我整整一晚上都白拧巴了。

李雪铭一切表现都很正常，除了我一直赖在栋梁那儿扯皮的时候他叫了我一声："赵苏童，你不准备来上课吗？"

我不知道他是怎么知道我就是赵苏童的，座次表上也没贴照片啊。后来我一想，大家各自归位，整个教室大概只有我自己跟一木头桩子似的站在那儿了，肯定会有人碎碎念赵苏童怎样怎样吧。想到这一点的时候我很沮丧，怎么就不能留点儿好印象给他呢。

不过，看来他真的不记得我之前干过的蠢事了。

我松了口气，但竟然还没出息地有点儿感伤。

李雪铭其实是个很不错的同桌。成绩好，有他在旁边坐镇，老师基本不怎么会找我麻烦，点我起来回答问题。善谈，不像我从前的同桌，无论我说什么都只会隔着啤酒瓶底儿那么厚的眼镜片惊恐地看我一眼，三棍子打不出一个屁来。长得还好看，不想听课的时候，我能偷看他一整节课，特别的赏心悦目。

他教给我到底什么叫奇变偶不变，符号看象限。

我给他描述金庸世界的荡气回肠，古龙笔下的风云诡谲。

我的位子靠墙，冬天的墙壁特别凉，我拿他的羽绒服抖开垫在肩上，就是我在校门口见到他时，他身上银灰色的那一件，特别暖和。他也没说什么，第二天还给我拿来一大包暖宝宝，也没把羽绒服要回去，真是个贴心的好少年。

只有一点：李雪铭的自理能力基本为零。

你们都该知道高中的教材课本，连同试卷笔记，有多么难以计数。李雪铭不善于收纳，一礼拜下来，桌子上堆得能把他埋住，一不留神什么东西掉了，就会带动连锁反应，一桌书前仆后继稀里哗啦，跟泥石流似的。

每当此时，李雪铭都会露出一种微微窘迫的神情，居然还有点儿萌。

到了后来，我实在也是看不过去，主动包办了他桌面桌洞的整理工作。

某一天栋梁告诉我，我不知不觉中已经登上了"全校最多余的人"排行榜的榜首。

我感到很惊讶，S中还有这种排行榜？栋梁说是一楼这四个班的女生口头评选的。

妈的，找我递情书的时候还客客气气叫我赵同学呢。

有一天李雪铭突然递给我一张纸说："你语文不错，帮我想想词。"

这倒是真的。虽然我的整体成绩毫无亮点，却是语文老师眼中的得意门生。

我接过来，随口问："什么呀？"

他言简意赅："情书。"

我手一抖。真有看上的？那他平常让我帮忙把那些情书收拾收拾扔了，是装什么清高呢。我有点儿恼火，可看到第一眼我就哑了——这不是我写的嘛！

这件事得回溯半个学期。那时候班里大孟同学单方面坠入爱河，相思成疾，让我帮他写封情书。那时候他也是这么说的，你语文好，字也写得好看，帮我想想词。我一时恶趣味发作，写了一首酸不溜的七言诗，还故意改变了一下字体，以显示男性刚毅。没想到过了两天，大孟就拿着回信又来找我求助。我打开一看，对方竟然用了乐府诗的诗体，还写得一手好字，顿时不服。

于是我跟对方展开了一场情书拉锯战，直到不久前分班，大孟分到了理科班，也就再没信儿了。眼前这封确实是我当时写的最后一封回信，可是怎么落到李雪铭手里了？大孟可实打实是个男的啊。那么说他的表白对象，就是李雪铭？天哪！李雪铭让我帮他把那些女生的情书扔了，但竟然给一男的写回信？可我记得收信人不是叫什么瑶瑶吗？难道是个昵称？

我心里一哆嗦。

他问："看完了？觉得怎么样？"

我干笑两声："雅致。"

他点点头说："我表妹男朋友追她的时候给她写的，哦，我有个表妹，在十七班。第一封还是首七言诗，她应付不了，拿来让我给她当枪手，这是最后一封，我没再写回信。没想到他们居然还是好上了。"他顿了一下，评价道："倒是写得挺不错的。"

我心内一时大喜大悲，还得不露声色。我问："那你怎么不写了呢？"

李雪铭沉默一会儿："后来我听说她到处卖我的照片。"

虽然事后李雪铭极力否认，我还是忍不住断定闹掰的主要因素是利益分配不均。

我把这件事讲给栋梁听，栋梁非常激动："他一定是对你有意思！"

我为他神奇的逻辑感到震惊："怎么看出来的？"

栋梁分析："这么多人他怎么偏得给你看跟你讨论这事儿呢，怎么不给我呢？"

我想反驳说"给你管个屁用啊"，但没好意思，憋了半天，吞吞吐吐："可能是……他有所察觉？"

栋梁一脸鄙视："你脑子被驴踢了？你都把字体改了还察觉啥，男生跟女生讨论情书，这就是对你有意思，找借口搭讪，还能让你吃醋，一箭双雕。"他说得很有底气，不知道最近又追了什么剧，"你就没感觉到不对劲儿？"

他这么一说，我倒是真觉得有点儿不对劲儿了："你说话什么时候这么利索了？"

下午的数学课我上得魂不守舍。尽管明白栋梁纯属瞎扯，但还是让我难免有些心潮涌动。我有意无意地偷看李雪铭，侧脸线条优美，神情认真，好看得不得了。不是说什么认真的男人最帅吗？这就是了。我想到这里，突然感觉心里砰地一跳，好像一团棉花糖崭新出炉，在心尖上慢慢融化。

李雪铭突然一转头，我吓了一跳，还来不及把目光放远做出一种只是在发呆的假象，他又转回去了："一会儿随堂测试，你多多少少不听一点儿？"

我含糊嗯了一声，纠结了一下，还是问："你今天为什么要跟我讨论情书的事儿啊？"

他没说话。

我咽了口口水，艰难又忸怩地哼哼："你不会是……喜欢……我……吧……"

他停下笔，转过头来看着我，我愣是从那眼神里 YY 出一丝深情。

靠，难道栋梁说的是真的？我有点儿紧张。

他看了我一会儿，突然说："我像傻 × 吗？"

我一时没听明白，老实回答说："不像。"

他嘴角微微了扬，又转过头去继续做笔记。

我有点儿蒙，过一会儿忍不住又问："那，那你是不是……啊？"

他推过来一张纸，上面有一行字：如果喜欢你，我就是傻 ×。

妈的！我把圆珠笔按得咔嗒响，咬牙切齿地写道：喜欢你的才是傻 × 呢！

后半节随堂测验，我靠着偷瞄李雪铭半遮半掩的试卷，勉强得了个八十分，后来我私下里算了算应得的真实成绩，结果令我很沮丧，果然很傻逼。

李雪铭的高考目标是 A 大最有名的文学院，他说以后想去日本的大学继续深造。

我说，日本好欸，有机会一起去奈良吧，据说奈良超级萌，大街上都有鹿哟。

我以为李雪铭会觉得我幼稚，谁知他竟然"嗯"了一声："好啊。"

后来我查了 A 大历年的录取分数线，跟自己的成绩一对比，顿时领悟了什么叫作天堑。但我还是豪气干云地对他说："咱们一起考 A 大吧。"

如果说当年考进 S 中是天官赐福，那么以我要考进 A 大，应该只能奢望神仙下凡了。李雪铭竟然没有打击我，笑说："那你加油。"

那个笑容真像神仙。

从那之后，我脑子里唯一一件事就是考进 A 大。

有天晚上我梦见李雪铭一身翩翩白衣，踏月而来，手中举着一个木匣子，深情款款："姑娘，这是你掉的《五年高考三年模拟》吗？"

我立刻吓醒了。

醒来之后，我望着窗外深蓝的夜空，只看到仿佛镶在天边的最亮的那一点。

我猜那大概就是金星。

我突然想起李雪铭。他就是我的金星，我想我必须足够努力，足以与他并肩。

后来我买了一本同学录，栋梁把整本拿过去研究了半节课，挑挑拣拣终于选了一张，说这是那一本里最好看的。我没敢告诉他最好看的那张留给李雪铭了，我有点儿亏心，还装模作样威胁栋梁："最好看就是这张了，写好点儿。"他白了我一眼。

可我最终也没拿到李雪铭写的同学录。

高考前一个星期，李雪铭放学回家的时候被一个酒驾的司机撞伤了，住院手术。

万幸的是，并不是什么严重的大伤。

可他，还是错过了高考。

我已经忘了我当时怎么上的考场，考的都是些什么内容。

只记得一个多星期后，查到高考分数的那一刻，我一度以为是电脑屏幕的重影。

据说我是那年高考学校里最大的一匹黑马。

那年我们实行网上填报志愿，高考之后就再也不用回校，大家突然一下子就变得与彼此无关了。

栋梁搬家去了另一个城市，给我寄来了他写的同学录。

那么大一片空白，用一只粉红色的荧光笔只写了六个字"苟富贵勿相忘"。

我恶狠狠骂了一句"浪费我一张好纸"，却突然很想哭。

三

我如愿进了 A 大。

大学的第一天，本应是我们两个人一起站在这里，可现在只有我一个人，我不知道该怎么办。

但无论如何，考进 A 大都是一件好事，像做梦一样的好事。

我抬头看着校园里那栋爬满青藤的塔楼，给李雪铭发了条短信：我在 A 大等你，别失约。

我握着手机，心里像破了个洞，隐约有风吹进来。

那时候他已经参加了严厉程度堪比奥斯威辛集中营的复读班，也不知道他能不能带手机，收不收得到。

我突然想到，等李雪铭来年作为小鲜肉新鲜上架的时候，我已经是大二的老学姐。

就这样，我一下子找到了新的目标——等他来到 A 大，我能拍着胸脯跟他说："别担心，我罩你。"

这一年我过得积极无比，全心为以后能罩他而奋斗。

在这个奋斗过程中，小林是我在 A 大捡到的最大一块宝。

小林原本的志愿是经济学，当时离全国经济类专业最好的 B 大只差三分，只好含恨进了 A 大的经济学。

但小林觉得士可杀不可辱，要就要最好，于是硬是转系进了文学院。

小林很有本事，很快就坐上了学生会主席的位子，我觉得以后应该可以帮李雪铭很多忙。他的座右铭是"凡事要实现利益最大化"，所以你想想，跟他成为好哥们儿，付出的时间精力真是不足为外人道焉。

我想，我上辈子一定欠李雪铭很多钱。

下一个夏天到来的时候，李雪铭顺利被 A 大录取。

我很高兴，比我自己考上还要高兴。

我喋喋不休地告诉他，什么课又无聊又不点名可以逃，什么课考试特难要做好笔记，专业老师爱抽什么烟，学生会那边也打点好了，只要他报就一定录……

李雪铭打断我，似笑非笑："你不会是喜欢我吧？"

我哑了一下，争辩道："谁喜欢你啊？"

他看了我一会儿，特别由衷："我不可能喜欢你。"

我心里一拧，打断他说："我知道，喜欢我就是傻逼，你早说过了。"我心里叹了口气，"我没想让你怎么着。没有你我也考不上 A 大，更不能像现在这么光宗耀祖的。你就当我是报恩吧。白娘子听过没有。"

说完我们同时沉默了，白娘子最后不还是跟许仙搭上了吗。

我连忙改口："我是说田螺姑娘。"

我感觉自己是说不清楚了，暗恨中华文明五千年，怎么就没个正经报恩的传说呢！

但我俨然是个很尽职的报恩者，先前做的一切努力也都没白费，我说过我要让李雪铭在这里过得很顺利，我做到了。

大三之后我找了一份兼职，从寝室搬出去，开始租房。

在北京的这几年，我喜欢上看话剧，隔三岔五就拉李雪铭陪我去看小剧场。

每次都看得兴高采烈，立志自己以后也弄个小剧场。

立完志又心生恻然："得花不少钱吧。"

李雪铭说："嗯。"

我想出了解决方案："以后找个有钱老公，强迫他精神上经济上都支持我。"

李雪铭一脸鄙视。

后来也不知道为什么，他突然劝我考托福。

我头皮发麻，四六级都够折磨我的，还托福呢。

小林说："那就不考啊，当然还是你自己的想法最重要。"

我觉得很有道理。

　　于是我在下一次见面的时候委婉地告诉李雪铭，上什么溜光大道啊，上炕都费劲儿。

　　李雪铭看了看我，没头没脑地说了一句："那好吧，我来吧。"

　　"来什么呀？"

　　他只是微笑，我也没有追问下去，只觉得心底有些莫名的酸楚。

　　李雪铭出名也是在这一年。

　　A 大有每年一度的游园会，已渐渐成了一项不成文的传统。

可那年拨下来的经费很少，按这个标准，游园将会办成游街。

李雪铭是主要负责人之一，他主张到外面拉赞助，据说还真谈妥了几个商家，向院里递了一份申请。

但说到底这只是一项可有可无的娱乐活动，院里对此事态度很保守，并不支持。

李雪铭的处境一下子变得有点儿举步维艰。

他从没在我面前露出什么焦虑的情绪来，但我实在是太熟悉他，熟悉到一眼就看出来，他心里其实很着急。

我去求了小林。

小林很够义气，二话没说就跟着我一头扎进院办公室。

我一开始只是想借小林学生会主席的身份充充门面，谁知道小林火力全开，平常我从没见过他能这么舌灿莲花，跟系主任的那几回合，让我仿佛看到了触龙说赵太后。

几天后李雪铭兴高采烈地告诉我院里通过了他的申请，我虽然事先已经知道，但听这话从李雪铭嘴里说出来，还是真心觉得高兴。

李雪铭提议吃饭庆祝。我想了想，拒绝了。我还答应了小林请他吃饭呢。

当晚我请小林在学校旁一家店吃烤肉，刚烤了一轮，就听到有人叫我："赵师姐。"

我抬头一看，是李雪铭的几个室友，还有站在最后的李雪铭。

我看看面前的小林，竟然有种被捉奸的心虚感。

可我跟小林清清白白的，慌个屁啊。

我在心里骂了自己一句，抬起手来大大方方跟他们打招呼。

　　刚刚叫我的那个叫宋代，外号阿呆，其实一点儿都不呆，长得还挺喜庆的，总让我想起丰收的时节。阿呆提议："咱们一块儿吃吧。"

　　别人都没什么意见，李雪铭挺风轻云淡的："换别的地方吧，坐不开。"说完就转身走了。店门上的风铃叮当一响。

　　阿呆看看我又看看小林，嬉皮笑脸地拖长音"噢"了一声："师姐师哥慢吃。"

　　我有点儿尴尬，拿出一副沧桑语气："多可爱的孩子啊。"

　　当晚，我接到电话，李雪铭喝大了。

　　我挂了电话，跟小林说声抱歉就立刻风风火火赶赴事故现场。

　　到了一看，李雪铭哪是喝大了，简直跟喝死了一样。

　　看了看时间，这会儿学校寝室已经门禁了，我只能把他拖回我租的房子里。

　　我原以为这将是个不眠夜。

　　但没想到李雪铭酒量很差，酒品却不错。只吐了一回，也不哭也不闹，躺在床上抱着垃圾桶，跟小熊维尼抱着蜂蜜罐一样，眉头微微皱着，长长的睫毛抖啊抖，有月光在上面跳舞。

　　曾经听人说，男人不管多老，灵魂里都住着个小男孩。

　　我坐在床边看着他，觉得眼前的李雪铭，就是个小男孩。

　　第二天早上我正在卫生间努力戴隐形眼镜，李雪铭突然从我身后蹿进来，吓得我差点儿魂飞魄散。我飞踹了他一脚。

　　他竟然还理直气壮："我又不认识这个地方，还以为被人拐卖了呢。"

　　我一边抹眼泪一边说："美得你，哪个人贩子这么伺候你给你睡床啊？"

　　他像是惊着了，结结巴巴问我："你、你哭什么？"

　　我气得不行："老子本来就不太会戴隐形眼镜，刚才好不容易对准了，你又给我吓掉了，老子又得拧巴半个小时！"

他笑起来，就这事儿啊，我来给你戴。

我怕他戳瞎我，有点儿抗拒。

他一只手按住我的头，一只手比画着，却问："昨天跟你吃饭那男的也是文学院的吧？"

我明白过来他说的是小林，我说："对啊，高你一届，跟我是好哥们儿。"

他凑过来："你非得跟他一块儿玩啊。"

他离我这么近，我甚至可以感受到他的温热吐息。

我有点儿紧张，随口就来："我高中时不还跟栋梁凑一起吗？"

他说："这一样吗？"

我疑惑："哪儿不一样？"

他不再说话，手上一动，我感觉眼睛上一凉，眼前出现他清晰的轮廓。

很长一段时间之后，我还是总会想起那个早晨，隔着眼里的蒙眬泪光看到的他，温柔得像个天使。

我觉得再这么浮想联翩下去实在不妥，很快又给自己安排了新目标——我意识到，李雪铭还缺个女朋友。

没错，从高中到现在我还没见他正经交过女朋友。

李雪铭一看就是被人追惯了的，不喜欢主动也属正常。

可据说他们级部还有好几个眉清目秀的男孩冲他暗送秋波呢，我觉得这个问题有点儿严重，不得不防。

我旁敲侧击地问他的想法，李雪铭没多做表示，只说："你挺操心我的。"

我想他这是作为一名成年男子的假矜持。

我觉得这件事要慎重，最起码的，那个女孩一定得盘儿靓条儿顺，脑子也得好。

我在脑子里选了一场大秀，七挑八拣，最终把目光投向了院里公认的美女薇薇。

游园会大获成功，李雪铭的知名度一下拔高了很多，到哪儿都引人注目。

我向薇薇说起李雪铭的时候，薇薇竟然说："我知道他。"似乎对李雪铭也很有兴趣。

于是我找了个时间，约了李雪铭、薇薇、薇薇的某室友，还有小林一块儿去夜店。

这地方牛鬼蛇神的，最适合培养暧昧情绪。

李雪铭一开始还摆酷，板着张脸对我爱答不理的。不过今天我也不用他搭理我，搭理薇薇就行了。音乐一响，男男女女们开始迈进舞池跳舞。除了小林，我们四个都进去了——我也不会跳，可我是发起者，这时候戳在旁边就太明显了。我在原地晃来晃去，跟个不倒翁似的，第一次觉得夜店也甚是无聊。

李雪铭和薇薇就在离我不远的地方。

我看见他们两个人也是身体微微地晃，怎么就那么好看呢。

李雪铭也没像冲我那样绷着脸，微俯着头好像在跟薇薇说着什么，薇薇低吟浅笑。

真是一对金童玉女。

我心里突然堵得慌。越过重重人头，我看见小林坐在桌边，有一口没一口地喝着一杯被灯光照得看不出品种的酒，一副现世安稳岁月静好的壁花模样。

我费力地从舞池里挤出去，跟小林说："太闷了，我出去透透气。"

小林跟着我出来，递给我一瓶水："怎么了？"

我听见自己的声音闷闷的："我把薇薇介绍给李雪铭了。"

小林淡淡瞟了我一眼："挺好的啊，这不就是你想要的效果吗？"

我想了想，没错，这确实是我想要的效果。

但我也得承认，我没有想象中的那么有成就感。

小林见我没有吱声，转头往天上一指："今晚月亮很亮。"

我说："大晚上的周围这么黑，当然亮。"

小林说："可有时候白天也会有月亮。"

我想了想："对哦，它白天出来干什么？"

小林笑了笑，说："或许它以为别人看不到，就自以为自己真的不存在。"

我笑了笑，举杯干了。

那一晚，我知道了自己的酒量竟然还不错。

李雪铭跟薇薇发展得似乎很顺利。

李雪铭有时候会叫我一起出去玩，我以各种理由全部推掉了，很久没有再跟他联系，成天窝在公司里，倒是经常跟小林一起吃饭，活出了一种醉生梦死的气质。

嗯，我就如他所愿好好地做个召唤型红颜知己吧，我可不要做电灯泡。

不过，媳妇都帮忙娶了，再大的恩情，也算还上了吧。

四

大学的最后一个冬天，我的实习合同到期，公司要帮我转正，并且派到上海分公司去。

那岂不是要跟李雪铭分开？我犹豫了。

我把这件事告诉小林，小林也没给我什么明确的指导方针。

一个星期之后，小林打电话给我，说明天下午陪我吃饭吧。

我答应了，结果当晚我莫名其妙失眠，直到快天亮才迷迷糊糊睡着，睁眼的时候已经下午三点。

我简单洗漱一下，匆匆忙忙赶过去，小林已经在了，打扮得十分光鲜照人。

我埋怨他："你来相亲怎么不提前跟我说一声？我好歹拾掇拾掇，不至于给你丢份儿啊。"

小林说："我来表白，不是相亲。"

我糊涂了。

小林表情很认真："我也拿到了上海一家证券交易所的聘书，如果你能跟我一起去上海，我会很高兴。"

我慢慢明白过来，有点儿慌了，但还嚷嚷："瞎扯吧，你一文学院的凭什么去证券交易所啊。"

"我自修了经济学，拿到学位了。"

小林叹了口气说："你别转移话题。"

被看出来了。我有点儿心虚，可小林不是天天宣称"利益最大化"吗，跟我能有什么利益啊？

小林说："这次我愿意放弃一下。"

看着云淡风轻的小林，我突然想起李雪铭。

既然我喜欢一个人，那我怎么能在还喜欢他的时候，做别人的女朋友呢？

我结结巴巴地表示，关于去不去上海的问题，我还没想好。

小林淡淡看我一眼，却说："你现在还能以什么理由继续待在他身边呢？女朋友，不是。女性朋友，你自己信吗？"

我感觉到似乎有什么在我心尖扎了一下，我说不出话来。

"我们可以试一试。"小林语气很平静，"我可以等你慢慢忘。"

回去之后我想了很久，他可以等，可是入职 Offer 等不了我拖拖拉拉再做决定。

小林不愧是个老江湖，他拿现实问题胁迫我，让我没有办法继续拖下去。

我想李雪铭对我而言，就是世界上最特别的那个人，不用做什么，就足够让我心动。

遇上他之后，我所做的一切都是为了努力靠近他。

可小林说的对，现在我还要以什么理由继续待在他身边呢？

李雪铭先我一步给我打了电话。电话那头他的声音传过来："明天晚上去哪儿？"

明天是跨年夜。

虽说前几年的跨年夜都是我们两个一起过，可他现在已经有女朋友了，这种日子不是应该跟女朋友一块儿吗？

我问："薇薇呢？"

他说："快定地方。"

我想了想："那我们去世贸天阶吧。"

大学四年我几度耳闻在世贸天阶人们蜂拥而至一起跨年的盛况，却一次也没去过。

李雪铭一直觉得这种行为挺傻的，其实我也觉得挺傻的，但是人不就是这样，越傻越拦不住。

我喜欢他这么多年，又比谁聪明很多吗？

既然到时候大家都傻，也就能衬得我不那么傻了。

他为难了一下还是答应了。

我有些庆幸，我从来不曾要求李雪铭做过什么，这一次，是这么多年来的零存整取。

李雪铭那天晚上打扮得好看得不得了。

我们到了世贸天阶，人比传说中的还要多，堪比国庆阅兵。

也许是被人们欢乐的气氛感染，一整个晚上，我总觉得他看着我的眼神软得像一朵云。

我很喜欢，也有点儿困惑，但我不想问他为什么，这可能是我与他有关的最后一个晚上，他怎么样都好。

我们终究还是没能忍受到倒计时，就提前离开了。

马路堵得水泄不通，半天打不到车。

我们沿着路边慢慢地走，人群的喧嚣声渐渐落在身后，四周特别静，一盏盏路灯立在路边，像一株株高大的蒲公英。

我突然听到他笑了一声。

我忍不住跟着笑，问他："你笑什么？"

他在一盏路灯下面停下来，一张脸暖洋洋的："我有事要告诉你。"

我说："真巧，我也有。"

李雪铭有点儿意外："也是高兴的事？"

我不太确定，还是点了点头。

他又笑了："那你先说。"

我组织了一下语言，说："我交男朋友了。"

他脸上的笑容一下子消失了。

我想，他一定吓了一跳，连我自己都觉得意外，他吃惊一点儿都不奇怪。

可他接下来的话却让我很吃惊。他说："小林？"

"你怎么知道？"

他突然又笑了笑，像是自言自语了一句什么。

我只好继续："我下周应该就会去上海，顺利的话就可以解决工作问题。"

他显得很平静："嗯，挺好的。"又问，"还有呢？"

我想了想："没有了，你要跟我说什么？"

他沉默了一会儿，说："我忘了。"

倒计时声排山倒海般远远地传过来。

李雪铭冲我张开手臂："新年快乐。"呼吸间有氤氲白雾，就像七年前那个冬天，我在 S 中门口见到他时的样子。

我抱住他。

这是我们第一次拥抱，也是最后一次。

过了今晚，我就要去另一个人身边了。

即使我曾经那么爱他，即使我以后可能再也不会这样去爱一个人。

我感觉下一秒眼泪就要掉出来了，赶紧从他怀里出来，把头侧到一边努力压制情绪："哎，说起来其实我以前还挺喜欢你的。"

我撒谎了。是很喜欢。

他眉头不知什么时候微微皱起来，似乎很困扰。

我心里突然一抽，赶紧摆手说："哎，我就是想膈应你，你倒是配合配合，是不是得觉着与有荣焉呢，要不怎么对得起我。"

路灯照得他的眼睛亮晶晶的，李雪铭看了我一会儿，说道："嗯，我与有荣焉。"他顿了顿，又摆出那副很好看的认真表情："而且我还是傻 ×。"

我笑着打了他一下："臭贫！"

直到最后分开，我们也没有再说什么，那两个字竟成了那个冬天我留给他的最后一句话。

之后我再回想起那个晚上，总觉得好像自己漏掉了什么东西。

可到底是什么，却怎么也想不出来。

但我隐隐明白，就算想得出来，有些事情，我们都已经错过了。

不久后我听说李雪铭跟薇薇分手了，他拿到了一所美国名校的 Offer，出国读金融。

我不知道他为什么突然去读了金融，不过这都不要紧，他一定会变得更好。

我跟小林一起去了上海。有时逛商场看到好看的男装，我会买下来送给小林，小林乐于接受，可我总是觉得哪里怪怪的。

后来我意识到，买衣服的时候，我心里其实是想要李雪铭来穿的，我知道这不对，可我还是不受控制。

就这样，小林越来越像李雪铭。但小林是小林，他是他，我从来都知道他们不一样。

我明白小林在努力让我喜欢他，我也努力尝试去喜欢小林，却发现自己似乎已经忘了怎么去喜欢一个人。

应该就是像喜欢李雪铭那样吧，可是这世界上，哪里还有一个人能让我那样去喜欢他呢。

我开始觉得自己这样是种罪恶。

我急于忘记李雪铭，好全心全意跟小林在一起。

可到了后来，却分不清到底是为了小林要忘了李雪铭，还是为了忘记李雪铭，才跟小林在一起。

一种奇怪的道德感缠上我，看着小林永远微笑着的脸，我却说不出任何绝情的话来，只能有意无意地开始疏远他。

小林似乎察觉到了什么。他很善解人意，主动放弃，提出分开一段时间。

我很抱歉，也很感激。

小林半开玩笑地对我说："我一直推崇利益最大化，你是唯一让我亏本的人。"

其实小林何尝不是一个合适的人呢?

可爱情有时候斤斤计较，有时候却又丝毫不讲利益。

对不起，小林。

让你现在亏一点儿，好过亏一辈子。

你是个好男孩，你要跟一个真正爱你的女孩在一起。

自小林之后，我给了自己很长的一个空窗期，没有再发展什么别的恋情。

我蓄长了头发，每次洗完澡冲着镜子搔首弄姿回眸一笑时，仿佛还真有那么点儿意思。

可最近又开始流行短发，真是命中注定赶不上潮流。

初中同学聚会，我又一次见到栋梁，他仍旧是熊出没的体格，却比以前还要腼腆。

他偷偷告诉我说他现在已经有了交往的人啦，对方比他还要壮一些。

我说恭喜恭喜。是真的高兴，看他幸福。因为我知道他的路，也不好走。

他得知我和李雪铭断了联系，觉得十分不可思议。

我没解释。

这前半生的追逐于我已经足够了，剩下的，我想随遇而安。

我不再急于去忘记李雪铭，也不再刻意想起。

遗忘的过程总是很漫长，我乐于接受，毕竟那是我这一生中最值得回忆的时光。

那些日子啊，就如白昼之月，虽然不易察觉，但你绝不能说它不曾存在。

喜欢一个人，也是如此。

五

小林结婚那天，我赶到现场祝贺，封了一个不小的红包。

小林问我："如果今天结婚的是李雪铭，你会不会当场行凶，血溅喜堂？"

我想了想："说不定我会封个更大的红包呢？"

小林白了我一眼："重色轻友。"

其实我也不确定，如果李雪铭结婚，我究竟是会送一个大红包，还是扛着机枪扫射全场。只是小林的这个假设让我有些恍然。

原来我们已经可以结婚了。

原来我已经这么久没有见到他了。

遗憾的是，我却从来没有忘记他。

两年后，我在公司偶然得到一个去东京的机会，完成工作之后，我没有急着回国，而是去了奈良。

我独自走过若草山、东大寺，在奈良公园待到天黑。

有一头小鹿一直伏在离我不远的地方，忽然站起来向我走过来，在我身边停住。

我伸出手抚摸着它的头顶，轻声说："我来了，虽然不是跟你一起，但也算说到做到了吧。"

它自然听不懂，只是睁着眼睛看我，眼睛圆圆的，真是好看。

从奈良公园离开后，我去了一家一对中年夫妇开的居酒屋，服务生是他们的女儿。

我坐下来要了一瓶烧酒，一份鸡肉串。过了一会儿，那个温柔的日本姑娘走过来，用日语跟我说了句什么。

我听不懂，她很有耐心，开始跟我用手势比画。

我正努力地试图去理解她的肢体语言，突然听到有人用中文叫我的名字，赵苏童。

我抬起头。

我看见李雪铭一步一步向我走过来，他好像又长高了，皮肤晒黑了一点儿，整个人却仿佛在发着光。

服务员姑娘说了句什么，李雪铭流利地用日语回答她。

他转过头看着我："鸡肉串没有了，最后一份在我那里。"

我看着他，半晌，说："分我一半。"

那种似笑非笑的神情又出现在他脸上，像清风自来，像潋滟晴光。

他说："赵苏童，我们这么多年没见，你想跟我说的只有这个？"

怎么会只有这个呢?

我想告诉你,从我再次遇见你的那一刻起,每个有你的日子,都是我生命中的吉光片羽。

我想告诉你,你是我懵懂青春的开端,也是我今昔所有璀璨夺目的总和。

你知道吗?

从十六岁到二十六岁,这大概就是人们所说的一个女孩最好的时候。

庆幸的是,在我一生中最好的时候,我做了这世界上最有价值的一件事,那就是爱你。

然而,我还没来得及说什么,就被他抢了话。

他说:"赵苏童,你有没有什么想说的不要紧。我只是想问问你,有没有时间跟我谈个恋爱?"

我吃光了他桌上的鸡肉串,说:"那你得赔我一只圆珠笔。"

我准备告诉他一个蛮长的故事,可从什么时候开始讲起呢?

就从高考前,那个他没来上晚自习的晚上,我在课桌下踩断了最喜欢的圆珠笔启程吧。

李雪铭,你知道吗?等你出现的每个早晨,露水都挂满了我的发梢。

你走之后,我屋里的每一个娃娃,都知道你的名字,却没有一个见过你。

现在我想带你去见一见它们了。

樱桃镇下
青与白

Word 文字 · 潘雯晶

潘雯晶
——
作家
微博@玫瑰禁煙

我怎么也睡不着。

昨天在后街看见白米妈了，仿佛老了很多，在店里拉着一个老熟人说话，临了塞给人家一斤豆腐。现在都兴做彩色豆腐，白米家的豆腐有粉的绿的，老字号也与时俱进了。白米豆腐坊从来不打广告，但是生意非常好。

没看见蔡小青。已经很久没有人看见蔡小青了。倒是她哥哥蔡大明，总是在前街一带晃悠。蔡大明生来头大，可惜头颅大小和脑容量并不成正比。小时候被人叫作蔡大头，后来干脆简称蔡头，菜头。菜头生来愚笨，但是平衡感非常好，蔡小青怀疑她哥的大脑被小脑挤掉了。蔡小青本来可以简称青菜，青菜和白米站在一起更般配一些，结果她俩超凡脱俗，根本不是人们想象的那样，人家是一个青儿一个白娘子。

我要说的就是青儿和……哦不，是蔡小青和白米的故事。也许你能从她们身上看到自己的影子，看到隔壁班班长的影子，看到某个财阀二世的女朋友的某个拐弯抹角的穷亲戚的影子。因为她们就生活在我们身边，中国有千万个白米和蔡小青，所以她们的故事并不是虚构的，但也不是板上钉钉有根有据，如有雷同，算我抄你。

白米

白米出生的时候，正值改革开放五周年，所以她和我们是同时代人。但也有可能90后小朋友们对改革开放没有什么概念，用一句话概括之，改革春风吹满地，腐败分子撒一地。那时候还没有人提出谁代表哪种生产力，不过大家都自觉生产。白米家的产出成果还有白树——白米的哥哥，后来因为觉得自己的名字像白薯，在十三岁那一年要求改名叫白自强。不过姓白叫自强，怎么听着都别扭，不管你怎么自强最后都白自强了。

白米倒是很喜欢自己的名字，她是个有点儿特别的女孩，脑袋经常放空，谁也不知道她在想什么，所以也不知道她为什么喜欢白米这个名字。但是这个名字很好记，而且很有预见性——在若干年后，白米居住的樱桃镇出现了大量米饭，很潮，都是白米的饭，他们有男有女，以白米为自己的偶像，以白米的行为为自己的行为准则，很好地带动了樱桃镇高中生们的学习热情，促进了樱桃镇文艺事业的发展。

说得多玄乎，白米到底做过些什么？

得从白米的太爷爷说起。

白太爷爷可了不得，土豪劣绅说的就是他，早年经营缫丝厂，剥削女工。中年开豆腐坊，还是剥削女工。家里还有五十亩地，剥削农民。劳动人民的血汗一点一滴堆出白家雄厚的家底，有那么点儿原始资本积累的味道。白家现在还有大量红木家具，一件件都在增值，全是白太爷爷留给后人们的。不过按照新民主主义革命的说法，土豪劣绅似乎介于大地主和民族资产阶级之间，具体属于哪个成分，实在矛盾。虽然有过保护民族资产阶级的政策，但在政策实施之前，白太爷爷就被人打倒了。因为他压迫的人实在多，一人骂一句地主，他就是板上钉钉的地主。白家还有三个地主婆，也一起打倒了。少爷小姐们沦落天涯，白米的爷爷也说不清自己有几个兄弟姐妹。白米怀疑樱桃镇姓白的都和自己沾亲。

革命革命，白家最后只剩豆腐坊了。白米的奶奶是做豆腐的好手，可惜长得并不好看，所以没有留下豆腐西施的美名。豆腐是好东西，三年自然灾害，一斤豆腐可顶三斤馍。话是这么说，可惜那三年连豆腐都做不出来。白家差点儿就卖了豆腐坊，好在没人要，所以才有了今天声名远扬的白米豆腐店。

不过白米豆腐店那时并不叫白米豆腐店，叫东方豆腐坊。

此段省略叙述悲惨的十年动乱以及让白米爸爸抱憾终生的七八年高考失利两万字。

1979 年，白米爸爸重整旗鼓，专心做起豆腐来。

80 年代，改革开放。白米爸爸说起那段春天的故事，总是抑制不住地激动，邓爷爷好啊，邓爷爷英明啊……

生活条件好了，吃豆腐的人也多了。

常吃白米爸爸豆腐的有一个叫春喜的姑娘，和白家都住后街。后街是樱桃镇小市民集散地，两个菜市场，无数小商铺，一个百货公司，还有大名鼎鼎的东方豆腐坊。一方水土养一方人，樱桃镇水好，白家做的豆腐自然也好，春喜吃着白家豆腐长大，人也水灵灵像块豆腐一样滋润。常来常往，和白米爸爸也熟了，改革开放两周年，春喜嫁到了白家。

樱桃镇在中国的南方，这里的人说话呵佛不分。春喜没念过书，白米爸爸正是看上了她纯朴天真，才忍受了她的文盲。春喜又一心想对白家好，做买卖时总爱吆喝：哎，东慌豆护谎！哎，阿姨，来斤豆护哈！半斤？半斤就半斤……终于有一天，白米爸爸受不了了，虽然他也改不了这顽固的乡音，但他好歹是自学成才的人，好歹是参加过高考的人，好歹是分得清呵和佛的人，于是他毅然决定不能让自己的子女和他们的母亲一样，如此纯朴。

白树算是没戏了，根本不是念书的料。十三岁那年和表亲一起去了一趟菠萝市，顿时眼界开阔，一心想往外跑。心野了，人就拉不回来了。大吵大闹两天，改了名字叫白自强。白米奶奶气结，白树这名字是爷爷给取的，如今爷爷不在了，白树就不叫白树了。白米妈，也就是当年的春喜姑娘，想法倒是新派，说自强好，不过小名还叫树儿。

十多年后，白自强带了个很潮的上海姑娘回家，人家姑娘一口一个强哥，一听八十多岁的白米奶奶颤颤悠悠地叫了一声"树儿"，又听见白米妈那招牌式的"东慌豆护谎"，立马变了脸色。打那之后，白自强彻底自强，唯一能让他承认自己是从豆腐白家走出来的，也只有妹妹白米了。

白米生在十月份，天秤座，不过那时候人们并不关注星座之类的东西，讲究科学的年代，西方传来的占星术几乎等同于迷信。迷信之物又有一定的可信度，尤其当你找到专家帮你画出自己那神秘的星盘图的时候，占星术又等同于科学了。天秤座的白米，长得非常漂亮，遗传了爸爸和妈妈的所有优良基因，和哥哥简直是两个种族的人。白自强生得黝黑高大，白米却白皙娇小——和他们的名字均十分相配。但是兄妹俩眉眼里还是有相似的地方，比如都是大眼睛，笑起来眼角都向上。

天秤座还注定了一个人有艺术天分，对世间一切美好的艺术都有一种天然的感悟力。白米从小就是文艺骨干，从幼儿园时期开始，六一节上台唱歌的是她，元旦联欢会跳舞的也是她，小学毕业典礼表演诗朗诵的是她，中学歌咏比赛指挥的也是她。但她又从来不把这些当作生活的重心，她同任何一个体制内的中国学生一样，六门功课九门功课寒假补习暑假补习，唯一一点不同的是她把这些过程都当作享受。一旦享受，事情就变得容易且有趣起来。她是学习机器，她能歌善舞，她美貌过人，她家底雄厚，她性格温良，她是很多人的羡慕对象，当然也顺理成章地招来某些人的嫉恨。

嫉恨有两种可能，一是你恨她，二是你想成为她而不得。

别以为白米从小就这样超凡脱俗，虽然她高中毕业时已被樱桃镇的少男少女们口口相传成一个神奇人物，但她小时候就和我们隔壁大院刘婶的二丫头一样，是个顶幼稚顶傻气的小姑娘。

1991年，樱桃镇有线电视台成立，台标是只红扑扑的大樱桃，简称樱桃台。就冲着它在全国首家播出《新白娘子传奇》这件事来说，樱桃台比什么番茄台芒果台牛多了。这部风靡十年影响了整整一代人的电视剧啊，现在翻出来看收视率还是不低。叶童当年蒙蔽了多少无知少女，当白米蔡小青发现叶童是女人时，她们已经上初中了。

时间回到 90 年代初。

白家很具有超前意识，从白太爷爷私藏红木家具看准了它们会升值，到 90 年代初白米就被爸爸送去学钢琴，到 2000 年白家豆腐坊开始做彩色豆腐，诸多事例来看，白家人的想法是有一点儿超前。白米从来不反抗，送她去学钢琴，她觉得是天大的一件美事。不像现在的小朋友，学琴学画学舞蹈都学吐了。

白米小时候就很具有浪漫气质。樱桃镇的钢琴老师从菠萝市来，学历也就本科毕业，但在那时已是天之骄子，已经足够糊弄这帮小丫头了。来学琴的都是女孩，官家小姐商家小姐，从她们的做派就能看出家庭背景。第一天上课吵吵嚷嚷，老师年轻性格也火爆，恨不得砸了钢琴震灭她们。六个女孩叽叽喳喳怎么也停不下来，根本没人听老师说话。这时有一个女孩偷偷瞄了一眼老师，觉得老师神色不对，于是她站到那五个女孩对面，两手伸成巴掌，在空气中按一按，尖声尖气地说："不要吵啦！"

奇怪，女孩们真的都安静下来了。

后来这个女孩大学毕业考了公务员，在菠萝市检察院供职，八年内做到检察长，再后来亲手将她老子从市长候补的位子上拖进警局。

这是后话。当时钢琴老师就对这女孩刮目相看，第一次课匆匆安排了时间表，六个女孩分别什么时候来，每个人每次学多长时间，学费怎么交，都一一做了交代。然后把另外五个女孩遣散回家，单教这位官家小姐了。

白米也在遣散之列。她一个人从老师那儿往家走，路过廉耻广场，看到了独自在草坪上玩耍的蔡小青。

过了多少年之后，廉耻广场周围盖起了高楼大厦，写字楼、地下超市、酒吧，名字也不叫廉耻了，叫莲池。官方说法是莲池比较诗意，与樱桃镇相配。白米与蔡小青再次路过这里时，白米有些矫情地说了一句："名字都变了，什么都变了，我最讨厌物是人非的感觉。"

蔡小青

蔡小青其实并不是单独一个人。她哥蔡大明在广场中央的喷水池边缘走平衡木。喷泉坏了，池里早没水了，蔡大明每天上这儿锻炼小脑来。他的平衡感已经到了出神入化的地步，闭上眼睛都摔不下来。蔡小青那时也是个天真的小姑娘，一头长长的黑发盘在头上，插了两根筷子，手里翻来覆去地捣鼓一块纱巾。

白米看着蔡小青想把纱巾固定在筷子上，但是颇为困难，因为她看不见自己的头顶，纱巾不是定不住就是歪了，纱巾上面是大花图案，歪歪斜斜地披在一个七岁女童脑后，颇为后现代。

白米走过去说："我帮你。"她从自己头上拆下两枚发卡，把纱巾摆正，别上发卡。她笑眯眯地说："你扮白娘子呀？"

蔡小青也笑："要不要一起玩？你做小青？"

白米这才看清楚蔡小青的样貌。每个见过蔡小青的人都为她可惜，这么一个可爱的小姑娘，偏偏人中位置长了一颗黑痣。十六岁时，蔡小青忍受不了自己的黑痣上还要长出一根细细的毛，终于跑到一个江湖郎中那儿把痣点了，从此人中越发深邃，留下了一个绿豆大的坑。

不过此时七岁的蔡小青根本不在乎这些，她还没到懂得审丑的年纪，但她已经知道白娘子是美的了。人总有追求美好事物的愿望，尽管那条大花纱巾让白娘子变成了花娘子，但在七岁的白米和蔡小青眼里，还是美的。

在她们的童年记忆里，最美的女人就是白娘子。等到她们高中毕业，看到五十多岁的赵雅芝时，仍然感叹她的美丽。有一种女人，天生与岁月无关，人家越来越蹉跎，她只会越来越美，越来越有韵味。

蔡小青家世代务农，从太爷爷开始就给地主种地，这受的压迫多深啊。因为成分好，"文革"时并没有吃太大苦头。农民阶级是工人阶级的天然同盟，蔡家认死理，改革开放了，一起种地的农民朋友都下海了，蔡家还守着那一亩三分地，勤勤恳恳面朝黄土背朝天。在这样的家庭里成长起来的蔡小青，具有诸多劳动人民的优秀品质，比如非常珍惜粮食，推而广之她珍惜一切物质财富。她不会嫉妒，不会看不起别人，她勤劳善良，她求知欲旺盛，她愿意结交许多朴实的农民朋友。于是也没有人嫉妒她，因为她的好都藏着，不显山露水，一个农民的女儿有什么好让人嫉妒的呢，是吧？

白米笑眯眯地说："好啊，我做小青。我叫白米，你叫什么？"

蔡小青说："我叫蔡小青。"

白米："那为什么要我做小青你做白娘子？"

白米第一次变得这么厉害，一句话就把蔡小青噎住了。不过蔡小青想了个奇怪的理由，说："因为我头发比你长。你头发这么短，筷子插不住。"

白米想了想，有道理。但她还是坚持要做白娘子："我名字里有白字，你名字里有青字，所以你是小青……你本来就叫小青嘛！"

蔡小青想了想，有道理。于是她把头上的纱巾和筷子都扯下来，说："你坐那边，我帮你弄头发。"

白米头发那么少，薄薄一层贴着头皮，被硬生生插进两根筷子，痛得她眼泪快掉下来了。但是为了白娘子的美好形象，她忍住了。装扮完毕，白娘子的范儿立马显了出来。白米神色端庄地说：“青儿！快！”

蔡小青一时没反应过来快什么，但她很快入戏，也应和着：“姐姐！”

这时蔡大明闭着眼睛往这边走来，他的头真的很大，比别的小朋友大出一半。蔡小青悄声在白米耳边说：“他是法海。”于是白米马上小碎步后退，嘴里模拟练功时的音效，双手比画着，蔡小青也快步退到白米身后，很有气魄地嚷了一句：“大战法海！”

蔡大明还是闭着眼，根本没有理会这两个小女孩。其实蔡大明在此后的许多年里都是闭着眼的，他不想看，也看不懂，他有自己的世界。后来有人恶毒地骂他脑残的时候，蔡小青也伶牙俐齿地骂了回去，他浑然不晓得自己会给妹妹带来多大的影响，他永远像一个八岁孩童。

那一天天气格外好，廉耻广场边上就是一个菜市场，吆喝声此起彼伏，阳光中有一种海产品混合了肉类又混合了蔬菜的奇怪味道。没有人注意到这两个自娱自乐的小女孩，也没人能想到其中有一个在若干年后将成为樱桃镇一代中学生的楷模，更猜不到她们之间会发生什么样的故事。有什么可猜的呢，无非是一点儿小朋友的小纠结，和大人们关心的物价上涨股市下跌比起来，根本不算什么。

蔡小青的妈妈就在廉耻广场边上的菜市场卖菜。她有固定摊位，每个月要交租金，此时正在和前来找碴儿的城管队员们周旋。按理说城管应该找那些乱摆摊儿的人麻烦，蔡妈妈是良民，本应在找碴儿范围之外，蔡妈妈一辈子老老实实，哪受过这样的气，双方争执声越来越大，蔡妈妈原先还好言相向，猛地看见一个城管队员拿了大口袋装自己摊位上的鱼，她嘶号一声，再也忍不住了，抓起一尾大黄鱼就往城管脸上摔。那一尾鱼少说十斤重，摔在脸上又疼又腥，带队的来劲儿了："他妈的你这是和政府对着干！"

没有人仔细研究这句话，菜市场本来就吵吵嚷嚷，这下更热闹了。蔡妈妈生意也不做了，农妇天生具有捍卫粮食的使命感，她顺手抓起秤杆，甩掉秤砣，冲身边也不知道什么人喊了一句："叫我女儿来！"于是有人跑出人群，一溜烟儿不见了。

城管队长一阵心寒，乡亲们真是薄情啊，马上和城管队认起生来。

那人找到广场上入戏极深的蔡小青，喊："青儿！你妈和人打起来了！快叫你爸！"

蔡小青猛地被拉回现实，一愣，看都没看白米一眼就往菜市场跑。她跑得很快，脚丫子扎扎实实，长长的头发散开来，花花绿绿的短褂在风中飘着。白米看着她的背影，有点儿茫然，她根本不知道发生了什么。等她回过神儿来，蔡小青早已消失在人群中。

白米觉得无趣，拆下头上的筷子和纱巾，想还给谁，转身一看，蔡大明已经不见了。她站在广场上四处看了看，这里的人她一个都不认识。怎么办，只好把纱巾收起来，带回了家。

蔡小青没去找她爸，她爸在地里，离菜市场半小时车程。她熟门熟路地跑到自家的摊位前，那里已经围了好几圈人了。蔡妈妈头发也乱了，摊位上的蔬菜瓜果滚了一地，鱼早就不见了，城管们个个气势汹汹，有一个冲着对讲机吼："车开进来！这种泼妇，要带回去好好教育！"蔡小青挤进人群，抱住妈妈，她显然被吓坏了，但又充满勇气，对着城管们大声尖叫。一个七岁小女孩倾尽全力的尖叫可以达到几分贝？不知道，但可以知道她叫了多久。蔡小青从小就在野地里长大，大太阳下跑来跑去，冬天帮家里推煤车一推五里地，气儿都不带喘的。肺活量大的好处这时就显出来了。这是一个魔幻的下午，小青附体，蔡小青仿佛具有魔力，用自己持续不断的高分贝叫声驱走了城管队员。

蔡爸爸赶到菜市场的时候，一切都已恢复了秩序，好像什么都没发生过一样。他踩着三轮，把没卖掉的菜搬回家，车上还坐着那母女俩。三个人神情都有点儿恍惚，但是谁也没说话。他们是我们九亿农民中的一员，又庞大，又孤独。

回到家发现，蔡大明已经躺在床上睡着了，表情非常安详，仿佛任何事情都无法打扰他，那是一副超脱了世俗的老人的表情。

蔡小青打小儿就会做菜，她不知道这在现代的女孩中是一种多么难能可贵的品质。她一个人可以搬动大锅，熟练地添柴生火，抓一把盐就知道够不够，刀工好得蔡妈妈都自愧不如。只能说这个女孩天生对家庭琐事具有一种完美的掌控能力，而且她乐在其中。后来她就对白米说过，她的梦想就是做一个家庭主妇，把一家人伺候得舒舒服服的。

但是做饭这个乐趣渐渐从她生活中消失了。她七岁，九月份开始上小学，放学后，妈妈已经做好一桌饭菜等她了。

白米与蔡小青

白米与蔡小青做了十一年同学，从小学一直到高中毕业。

她们的家一个在前街一个在后街，一家卖菜一家卖豆腐，一家摆摊儿一家开店，实在是门当户对的两个。她们的感情一直很好，很少拌嘴，只是白家毕竟有过那样辉煌的历史，随着两个女孩年岁增长，白米慢慢意识到，要是在几十年前，自己可是富贵人家的小姐，和蔡小青这样的女孩玩在一起，好比是小姐和丫头……不不不，这样老套的思想是会遭人鄙视的。她心里这样想，可是嘴上却从来不敢说，已经是 2002 年了，哪里还有什么小姐丫头，虽然她很为自己家里那些古色古香的红木家具自豪，有时也很好奇太爷爷的故事，但她深藏不露，那一点点"封资修"的小情调，一直严严实实压在心底。

当然，她从上小学开始就是少先队大队长，初中毕业时评上优秀团员，现在念高二，班主任崔老师一直待她很好，几次暗示她等她上了高三考几次年级第一，预备党员就是囊中之物。在别人看来这是政治觉悟非常高的一个小姑娘，但白米有点儿莫名其妙，她越不想得到，或是越无所谓的东西，反而来得一个比一个快。她想得到的呢，比如稳拿年段第一的好成绩，跑上五公里也不会累的好身体，一个优雅知性的妈妈，却永远在她可及范围之外。不知道从什么时候开始，白米也渐渐反感妈妈的无知。东方豆腐坊没有变，老板娘却越变越俗气。白米甚至觉得妈妈成了一个蔡妈妈式的农妇，这和她的期望不符。学校歌咏比赛，她优雅地走下指挥台，猛然看见妈妈在观众之间。掌声热烈，声浪高过了白米妈妈的声音，但白米却听得见每一个字："我女儿啦，吃豆护长大的嘛当然漂亮了！"她心里觉得别扭，后来就总听见闲言碎语："白米的豆腐真难吃啊！哈哈，不是不好吃，是难以吃到呀！"说这话的男生女生都有，男生不怀好意，女生更加居心叵测。蔡小青会安慰她，说就当放屁，因为她是个有头脑的美女，是个多才多艺的美女，总之她什么都好，所以就有人嫉妒了。

白米羡慕蔡小青，蔡小青的爸爸成了樱桃镇有名的实业家，开发反季节蔬菜，推广大棚种植，在农民朋友中很有威信。当年的城管队如今早已换血，新队员很买蔡爸爸的账，蔡小青有一大帮朴实的好朋友。蔡小青考进樱桃一中的时候，在莲池广场边上的饭庄请客，用的食材都是她爸爸那些农民朋友们提供的。那时白米也去了，坐在白自强的小摩托上，后面还绑了三十斤彩色豆腐。

如果两个好姐妹只是这样平淡地过日子，升学，离开樱桃镇，那她们的故事也就没什么稀奇了。

高中三年级的时候，她们班上转来三个留级生。其中一个外号叫兔子，因为他，白米的预备党员名额迟迟来不了。

兔子这人，谁也不知道他的底细。总之他第一次亮相的时候，全班女生都惊了。连蔡小青这样木木的人都发出了一个"啊"。兔子坐在倒数第二排，因为他个儿高，挡着人，最后被换到倒数第一排去了。因为是留级生，有那么点儿老兵油子的味道，自作主张把座位固定在教室西南角。也不知从什么时候开始，白米总会朝那个角落看去，兔子不是蒙头大睡，就是在纸上写写画画。白米会不自觉地笑笑，有阳光从窗户照进来，兔子头上蒙了金色的雾，其实是空气里细小的灰尘。白米对自己说怎么办，这下完了。

蔡小青向来比较迟钝，但是这次她心里也有感觉。白米和她认识十年了，从来没有这么傻过：学习效率低，爱发呆，傻笑，放学居然留下来跑步——蔡小青从别人那儿了解到，兔子是个体育特长生，不过人家没打算考体校，人家的志向是 M 大学。

白米家的豆腐在樱桃镇已经很有名了，可是白米第一次不希望人家说她是豆腐坊老板的小女儿。她第一次觉得自己的家庭不如蔡小青，蔡小青是清泉绿色食品加工厂老板的女儿，虽然她有个弱智哥哥，但这丝毫不降低她的身份。白米也有哥哥，可是白自强还不如那个弱智。两年前白自强就被白米爸爸赶出家门了，因为那个上海姑娘，后来有人嚼舌根，说其实是个小姐。

白自强撂下一句话："别人花钱享受，我不花钱，我美着呢！"

白米爸爸被气病了。白米奶奶被气死了。白自强彻底从樱桃镇消失了。

　　白米七天没到学校上课。那些天东方豆腐坊停业，重新开业后整整卖了一个月的白豆腐。蔡小青去白家看白米，她瘦了整整一圈，头发又干又黄，躺在床上不吃不喝。整个家只剩下白米妈妈撑着，一天三顿都是豆腐，蔡小青着急，亲自下厨给白家做饭，白米妈妈吃了一口蔡小青烧的菜，还是愣愣的，吃第二口，才活过来，眼泪一下子就下来了。

　　这都是两年前的事情了，白自强真的再没回过家，白家也没人提起他，仿佛之前的二十年家里都没这个人。

　　蔡小青之于白米，因为这件事，身份有所改变了。比朋友更深一层，或许，也是家人了。

　　如果在那时，在蔡小青给白米烧汤做饭的时候，有人告诉白米，过不了两年，你就会恨她，白米肯定不相信。蔡小青人那么好，农民的女儿，又是自己认识十年的朋友，怎么会恨呢？不可能，不相信。但是有些事情由不得你，你不想恨，也许你也不是恨，那种感觉谁也说不清楚，总之，你们已经无法像过去一样做亲密的朋友。

　　兔子转来班上以后，白米变得活跃起来。她做了一件惊天地的大事，参加樱桃台的选秀。

　　樱桃镇这样的小地方，选秀其实是没有意义的，但是观众不再像十年前那样好骗，随便播个电视剧就能保证收视率。番茄台芒果台纷纷选秀，从这点来看，樱桃台已经不够牛×。事实是，人家已经成为知名大台，樱桃台还只是一个地方小台，为了自救，樱桃台也弄了场选秀。选的是什么呢，要是白米知道，她可能会理智地退出，但是小地方就有这样的好处，无论多大的事，都能把当事人搞得云里雾里摸不着头脑，一开始人家就告诉白米选的是企业形象代言人，到最后白米才知道，是清泉绿色食品加工厂的形象代言人。

时间回到选秀前。白米和谁都没说，连蔡小青都没说。她知道自己太不可理喻，高三了，但是就有一股力量在推动她，小时候那种放空的眼神又出现了。她自信自己足够聪明，她可以不要预备党员，不要年段第一，她现在要的，就是兔子能注意到她。如今有这么个好机会，让全樱桃镇的人都注意到她，为什么不牢牢把握住呢？

周末晚上崔老师打开电视机，看见自己最钟爱的学生白米，穿了艳俗的蓬蓬纱裙，在舞台上一扭一扭地唱歌，不知道是谁给她化的妆，那张脸扭曲极了，假睫毛长得能架住一根香烟，崔老师当即愣住。

周一一大早，崔老师就找到白米，他突然怀疑起自己的判断力来，昨天看到的明明是白米啊，可是为什么又和眼前这个女学生一点儿也不像呢？他刚想开口，却又迟疑，白米穿着校服，平凡得和这校园里任何一个高中生一样。最后倒是白米注意到了崔老师，主动上前问好。

崔老师最后还是问了，他说："昨天看电视，有个人长得和你很像，我还以为是你呢。"

白米："噢，就是我啊。名字那么长，樱桃之花什么什么来着……崔老师你看到我啦？"

崔老师觉得不可思议，白米居然用这么轻松的口吻谈论这件事。她不知道自己是高三生吗？崔老师瞬间意识到问题的严重性，他严厉地说："马上退出，你这是胡闹！高三了还有时间搞这些花里胡哨的东西！家里人也支持你比赛吗？！"

白米："退不了了，那比赛是录制的，虽然上周末才播第一期，但是我们已经比到剩下三个人了。我不会退的。还有，我爸妈根本不知道，他们不看电视。"

白米说完这话，走了。崔老师痛心疾首，都怪自己平时太宠着这个学生了，现在她对他说话，都是用这样一种漫不经心的口吻！

蔡小青也在电视上看到白米了，她觉得不可思议。虽然是好朋友的爸爸办的厂在选代言人，那也不至于亲自参加呀？何况白米一向看不起农民，再说了，蔡小青自认为是白米最好的朋友，可这件事从头到尾她都不知道，白米根本没打算告诉她！

蔡小青问爸爸："爸，你知道那比赛，现在剩几个人了吗？"

蔡爸爸说："知道啊，台里通知我今天晚上去做评委，好像剩三个。"

蔡小青又问："那你知道是哪三个吗？"

蔡爸爸摇头。

看，这又是小地方的好处了。选秀比赛，连老板都不知道到底选了谁出来。

蔡小青打了白米家的电话，她蒙在房间里叽叽咕咕说了半个小时，白米彻底绝望了，什么？！自己费尽心力参加的选秀，那个代言人，居然是给蔡小青家的农民们代言。

后来几期比赛还有白米出现，不得不承认，白米越来越上镜，越来越有实力，就当所有人都认定冠军是她的时候，新的一期节目出来，舞台上并无她的身影。主持人解释白米退赛的原因，还添油加醋地说了一大堆不相关的话，樱桃台甚至自作多情地做了一个短片回顾白米比赛以来的大事，哪一期哭了，哪一期和队友惜别，哪一期站到 PK 台上又险胜……白米被塑造成那么一个楚楚可怜的角色，煽情配乐赚足了人们的眼泪，好像白米退赛是被迫的、很无奈的选择。最后全镇都知道白米了，她甚至比冠军还出名。

节目一播出，有些事情就超出了人们的控制范围。白米突然觉得无法面对蔡小青，这算怎么回事呢，自己一心要比赛的，小青说是选农民代言人，自己就退赛了，这算怎么回事！白米心中莫名地生出对蔡小青的愧疚，她觉得对不起蔡小青，可她从来没有对不起谁，这种心情，让她一看到蔡小青就尴尬。其实，她哪知道，蔡小青根本不在乎。

白米从家里出来，推着自行车到后街包子铺吃早饭。半路里杀出一个小女生，穿着樱桃八中的校服，举着作业本，大喊："白米！白米！"

白米停下来，怔怔地看着小女生。那孩子面露喜色："真的是白米！白米，我是米饭！嗯，给我签个名吧！"

包子铺里好多吃早饭的孩子纷纷抬起头，有人议论纷纷，有人开始从书包里掏作业本，有人站起来了，老板娘笑："白米啊，上学哪！"

包子铺里响起一片尖叫："哇！真的是白米！白米好可爱哟！比那个董丽丽好看多了！我们支持白米！白米给我签个名吧！白米！白米你为什么退赛啊我一直投你票的……"

白米不知道哪里来的优越感，举止都矜持了。她想，樱桃台的影响力不可小觑啊。

董丽丽是冠军，可她是从菠萝市赶来参赛的，樱桃镇成了米饭的天下。

也许就是从那一天开始，蔡小青明显觉得白米离自己远了。为什么呢，她们之间到底发生了什么？两个人变得很客气。蔡小青知道完了，但她和白米谁都不说。说了有什么用呢，说出来就真的完了。有些事情我们根本无法做出解释，变了就变了，骗自己没变，骗自己还是好朋友，呵呵，也就骗骗自己罢了。

新年伊始，白米自信心急速膨胀。她收到了许多米饭寄到学校来的礼物，什么都有，这是她从未体验过的生活，她第一次衷心感谢樱桃台。每当她拆礼物的时候，总能感觉教室西南角有一双眼睛幽幽地看着她，她觉得很满足，这就是她最初的目的。

可是一个寒假没见，兔子已经变成蔡小青的男朋友了。

白米几乎崩溃，但她从未告诉过蔡小青她喜欢兔子。哦，费尽心力，最后兔子成了蔡小青的男朋友！白米整个寒假都在练长跑，因为她记得兔子说过假期喜欢去远足。所以她谁也不联系，樱桃镇的冬天一点儿也不冷，白米天天起大早，沿着镇上主要街道跑一圈才回来。她一直想着哪天能和兔子一起去远足，她觉得自己越变越好，又漂亮，有才气又有名气，家境又好，怎么回事，兔子不声不响地就成了蔡小青的男朋友？

一开学蔡小青就拿了奖学金，因为上个学期期末她的成绩是年段第一。蔡小青从领奖台上下来的时候，兔子很响亮地吹了一声口哨。蔡小青大笑，一点儿也不矜持，一点儿女孩的娇羞都没有。白米木然地拍着手，她心里好难过，突然明白原来那时候兔子看的根本不是她，而是她的同桌蔡小青，白米真的崩溃了。直到蔡小青走到她身边的时候，她才恢复表情管理，生硬地挤出一个笑容："嗨，一等奖学金噢，我都没拿过的。"蔡小青听出了话里酸酸的味道，以前白米是那么大方一个人，什么都不计较的，什么时候说过"我都没拿过"这样的话。

白米一下子安静了。

失恋有时候会变成超强动力。何况对于白米来说，从来都是别人嫉妒她，她最多也就羡慕一下无忧无虑的蔡小青，什么时候轮到她白米来嫉妒别人了？可是她骗不了自己的心。她的心仿佛又回到了两年前家里一团糟的时候，奶奶去世，爸爸病倒，哥哥召妓，妈妈精神恍惚，自己躺在床上什么也不想做，想着就这样睡过去算了，家里这样乱，一点儿生活下去的希望都没有。后来蔡小青给她们一家人做饭，安慰她，要她打起精神来，于是她才渐渐好起来。蔡小青，为什么总是蔡小青？就凭你是农民的女儿，就凭你朴实？你那是村儿！也不看看自己长什么样！如果兔子认识你的时候，你的人中还长着那颗黑痣，他会要你做女朋友吗？吃饭永远扒得干干净净，永远吃不饱的样子，简直是饿死鬼投胎！十年都一个发型，村姑头，你以为梳两条辫子就纯情了？你，蔡小青，你这个村姑！你凭什么抢走兔子？！

白米被自己的想法吓了一跳。蔡小青是她认识十年的朋友，她今天居然会在心里这样恶毒地骂她！白米转念一想，不对，人人都看得出来我比蔡小青漂亮，兔子是瞎子吗？还好我没和他在一起，他品位这么差！

白米又被自己吓了一跳，自己喜欢了半年多的人，一分钟之内就被完全否定了。人啊人，你为什么这么复杂，为什么自己都搞不懂自己呢？白米心里堵得慌，她没有一个人能说说话，白米妈妈在作坊里做豆腐，白米悄悄走进去，看到妈妈往机器里倒食用色素，一点点，马上扩散开来，和卖出去的彩色豆腐一样，那样无辜的绿。白米彻底崩溃了，这个世界，到处都是欺骗，好朋友骗走我喜欢的人，妈妈骗了全家人和所有顾客，我明明不喜欢蔡小青了，还要装出一副喜欢她的样子，这到底是为什么？为什么？！

从那以后，白米眼里只有学习，她受不了了，她要在成绩上取得绝对优势，彻底打败蔡小青！

白米本来就聪明，下了苦功往前赶，成绩很快就上来了。崔老师是爱才之人，看白米那样拼命，他也心疼。高三后半学期，白米的成绩一直是全班第一，在年级里也从不在五名之外。崔老师看得出白米在赶，赶得自己都憔悴了。白米第一次不享受这过程，所有的努力，意义只在于打败蔡小青。但是她一点儿都不快乐，她的表情变得冷冰冰，心里有了那样一个不愉快的负担，做什么都没有乐趣了。

蔡小青真是木啊，她以为白米还在为选秀的事情纠结，完全不知道矛头指的就是她自己。她多想和白米回到过去，现在没有白米，她有话只能和兔子说了。兔子听得一头雾水："白米和你那么多年交情，怎么说不好就不好了？不过没关系，你现在有话可以和我说。"

蔡小青笑："大帅哥，你怎么会喜欢我啊？"

兔子也笑："嗯，这个……村妞都比娇小姐会过日子。"

蔡小青："你说我村儿？"

兔子说："有一次看你和白米在食堂，她吃不完的，你全给扫荡了……我觉得不错。"

白米永远不会知道，她曾经看上的帅哥兔子原来也是个村小子。

高考结束后，蔡小青跑到白米家。她家东方豆腐坊正在换招牌，店门口挤了好多人，所有人脸上都喜气洋洋的，白米爸爸精神状态特别好，大嗓门儿打电话："哎！好好，谢谢谢谢，电视台等下就过来了，好好，谢谢谢谢……"

蔡小青也很高兴，虽然她不知道自己在高兴什么，但气氛这样热烈，肯定是有什么喜事。白米妈妈看到蔡小青，就像看到了自己女儿一样，一把上前搂住她："青儿！留下来吃唤！今天有鱼有漏，今天我们不吃豆护哈！"蔡小青大笑："好啊！白米呢？"白米妈妈说："在楼上臭美，等下就下来了，哈哈哈哈……"

电视台的车开过来了，主持人就是上次主持选秀的那一位。举着话筒对着镜头照例说了一大堆不相关的话，蔡小青听到了其中一句"作为本镇有史以来第一位保送到北×大学的学生，她是我们全镇人的骄傲！"

蔡小青一下子愣住了。她什么都听不见。有人放鞭炮，青色的烟飘起来，白米穿着一件白色的蓬蓬纱裙从店里走出来，她看见蔡小青了，脸上带着笑容，但好像又没看见，直直走到摄像机前。蔡小青突然想起十一年前她和白米的第一次相遇，白米头上插着筷子，叫她："青儿！快！"蔡小青配合默契地喊了一句："姐姐！"此时的白米好像就是白娘子，站在热闹的烟雾中施展法术，又像个明星站在选秀台上。所有声音一下子涌进蔡小青的耳朵，她听见了。白米爸爸在喊："左边高一点儿，左边高一点儿！"她抬头一看，东方豆腐坊变成了白米豆腐店。

蔡小青趁白米妈妈不注意，偷偷溜回家了。她想，白米真的不喜欢她了吗？保送北×大学这么大的事都没和她说。不过，白米不说，为什么身边也没有人提起呢？难道自己真的太木了？！

樱桃台晚间新闻用了宝贵的二十分钟做了白米的专访，采取的是纪录片的形式，从白米早上起床拍到晚上就寝，蔡小青看了觉得陌生。原来白米会每天读古典文学，因为她对着镜头解释说北×大学的文学系很优秀，自己要加强文学修养。除了学习，白米还会吹洞箫，一边压腿一边听音乐，向镜头展示她收到的礼物，笑着说直到现在还有喜欢她的米饭会偷偷塞礼物到她店里。晚上帮妈妈一起收拾店里的杂物，挽着袖子帮妈妈洗豆腐机……最后她甜甜地笑着，说："我知道米饭们都是中学生，谢谢你们的支持，在我退赛以后还这样喜欢我。

马上我就要去北 × 大学念书了，我希望你们都好好学习，爱好艺术，将来都能成为樱桃镇的骄傲！"

蔡小青关掉电视机，一个人坐在房间里，默默地哭了起来。

咸问：

那小天 /V 姐姐
马啦啦 / 线线

Word 文字 · 崔小咸

崔
小
咸
———
做
画 图
画
家
庭
妇
女

我朋友圈里有好多奇奇怪怪形形色色千差万别的人，我把自己搞得像个奇怪人类收集器。木工班下课后长长的路上我忽然想：要是能把这些完全不同的人都采访一下该多奇妙，每个人问几个问题，看看大家脑子里都在想些什么又都在经历着什么。

也许结果是大家都一样，无非就是些凡人的喜怒哀乐生老病死。可是，不同的故事总是会有不同的精彩，希望我们都有机会能感受别人生活的瞬间。

于是，我给自己定了个"采访 300 位身边人"的计划。300 人也许 10 年才能采访完吧，让我慢慢来。

更多内容请关注我的微信公众账号"崔小咸的生活"。

那小天

崔小咸大学一个宿舍的好
朋友，认识少说有十年了。
她在《鲁豫有约》当了好
多好多年编导，是采访老
手。她这两年开始写电视
剧剧本，今年夏天去了德
国。

咸：在德国会不会感觉有点儿冷清？

那小天：当然冷清了，冷清的最大原因就是没有能够直接说心里话的人。
所有的朋友要从基础开始做，谈个人兴趣爱好什么的，没有像你们这样的朋友。
我本来也不太爱热闹，所以就特需要你们。现在还要用英语跟她们做朋友，这
是最恐怖的事情。

这一点我从来没跟谁说过，要怎么说，这其实是到德国之后最最过不去的
事儿。我现在还没克服这个问题，所以跟亲人朋友都还没说过这个问题。

咸：妈呀，我是第一题就问到了要害吗？

那小天：对！我会抱怨所有次重要的事情，比如掉头发之类的。但我从来
不会抱怨最重要的事情，会一直把这个事情藏起来。而且我不仅是对你们藏，
还对自己藏，就是完全不会承认这事儿。有些东西必须战胜必须面对，就也没
什么说的必要。估计直到我的生活不冷清时，我才会承认现在的冷清。

咸：写剧本的时候都参考些什么，是不是纯粹瞎编？

那小天：我写剧本的时候会把过去经历过的事情看过的书听过的事儿全想起来，平时也不会想，写的时候就全想起来了。

咸：最近在看什么书、电影、美剧之类，评价一下。

那小天：正在看的书是《战争与和平》，列夫·托尔斯泰的。太好看了！太牛×了！我恨不得每一段都给标注上！怎么说呢，我觉得他没有雨果写得好，他俩是我心中的两个顶级大师啊。但是，列夫·托尔斯泰更接地气儿，更接近我，我更能懂他，所以更喜欢他。

电影是朋友推荐让我看的《哪啊哪啊神去村》，我觉得特别特别好看！因为我一直都有个梦想，就是去大自然自己盖房子什么的，像顾城那样，过那种特别不世俗的生活。

美剧是《纸牌屋》，感受是：一个人要是没那么狠就别去当总统，要是不想当总统就也别那么狠。其实全世界都一样，全世界的"孙中山"都没法称王，总之就是看完挺怀疑人生的。

咸：对自己有没有什么不满意的地方？

那小天：特别特别不满意，无法管理自己，总是贪玩和懒。总是假装干家务或跟别人聊微信什么的，故意拖延不去写剧本或者翻译。特别气自己这一点。

咸：希望一年后变成什么样子？

那小天：希望一年后的现在我经济上能更加富裕，能给我妈开一家店，不是很累的那种。希望我写剧本能力越来越好。再怀个孕！

咸：此时有什么特别需要好好珍惜的吗？随便什么人或事。

那小天：要好好珍惜写剧本的机会吧。我以为我在德国会没人愿意找我写，会觉得离得远沟通成本太高，没想到他们还都挺好的。所以我得好好写，不能老犯拖延症。

还有就是，我终于开始不管闲事了。以前老想掌控别人的人生给别人出主意，我现在终于觉得我其实不是很了解别人的人生。真正的善良其实是给别人他们想要的东西。我这个状态一定要珍惜起来保持住，千万不要再回到钻牛角尖儿的状态了。

咸：最后一题，你觉得家庭妇女应该什么样？

那小天：我觉得家庭妇女应该有个其他的中心，教育孩子或者有个兴趣爱好吧。然后把家打扫得非常干净。但是！千万不要受制于这个，实在懒了脏也要能忍受，不要让打扫变成折磨自己的负担。像三毛一样，大沙漠里每天跟沙子在一起，也还能开心。

我前两天看了篇文章说得特好：她首先会把家打扫得特好，其次，她所花的钱都像是她赚的一样，要花得理直气壮。

V 姐姐

资深大美女，资深媒体人，后转型做过新媒体做过网站，曾在单向空间（原单向街书店，有九年历史，有评价说单向街是北京思想输出的根源地）任产品总监。

对 V 姐姐的访谈开始让我很头疼，微信聊的时候很开心，但之后根本写不出。就是因为写东西的能力太有限了，差点儿被憋死。于是又约见面聊，她自备采访录音笔，手把手教了我半天怎么做采访怎么整理怎么提炼，让我这个家庭妇女小记者挺感动。

本来这个"采访 300 身边人"的计划只是一拍脑袋的事情，可做起来之后发现很有收获。单从最小的方面说，起码能让我更了解自己的朋友。比如这次采访就让我惊讶地发现：认识 V 姐姐大概四五年，以前竟然从没聊过她原来做采访的故事，也没想象过当记者的她会是什么样子。想想真是奇怪，可能大家都一样，平时看到的只能是朋友的某几面，总有遗漏。

咸：先说说你之前都在哪些媒体工作过吧。

V 姐姐：一些主流媒体吧。第一份工作在《时尚·COSMOPOLITAN》，工作了五年，做专题。后来去过《南方周末》《三联生活周刊》。再后来就不做媒体了，忽然丧失了兴趣。其实主要是对自己不满意，觉得做不到最好。

咸：岂不是采访过很多人！

V 姐姐：哈哈，肯定比你采访 300 个人的目标要多！

咸：哈哈哈哈，那就随便讲一次采访吧。

V 姐姐：好，比如陈丹青。好像是 2008 年 7 月末吧，我们约在陈丹青的画室，我们当时谈的话题是：中国人丧失了说话的表达能力。

咸：中国人不会说话了吗？

V 姐姐：对。印象特别深的是陈丹青当时说了个例子：5·12 汶川地震这么大的事情，《新闻联播》或者其他媒体去采访，灾民只会说 "感谢政府感谢党"。他们实际上已经丧失了表达的能力，已经不会正常的表达。那么复杂的情感，悲痛啊愤怒啊绝望啊，却只会说感谢或沉默。中国人已经不会说话了，不知道该说什么。并不是说谁禁言你，是你自己压根儿就表达不出了。

咸：V 姐姐你当时采访这些能发吗？这么敏感。

V 姐姐：我们谈的是语言表达能力。你这样问就引申到了另一个问题：自我阉割的问题。就是说什么话表达什么之前，我们都习惯问自己：这行么？这能说么？这不能说吧。然后会自动切掉。

其实你一定要时刻提醒自己真实的现状是什么样，要时刻保持思考能力和清醒。卡尔维诺有本小说叫《看不见的城市》，里面就提到过这些。

书里有一段讲马可波罗遇到忽必烈，忽必烈问马可波罗："你整天到处乱跑地旅行有什么意义呢？不断地发现新的城市，不断地接触新人、新事又有什么意义呢？最后不都还得走向地狱之城？"马可波罗说："生者的地狱是不会出现的；如果真有，那就是这里已经有的，是我们天天生活在其中的，是我们在一起集结而形成的。免遭痛苦的办法有两种，对于许多人，第一种很容易：接受地狱，成为它的一部分，直至感觉不到它的存在；第二种有风险，要求持久的警惕和学习：在地狱里寻找非地狱的人和物，学会辨别他们，使他们存在下去，赋予他们空间。"你明白我说的意思吧？

咸：我明白，但现在做后者好难啊。

V姐姐：对。我们纠结就纠结在如何做后者上。

咸：那你觉得之前在媒体的工作经历对现在工作上有什么帮助吗？

V姐姐：当然有。我们现在的同事，大多也都是媒体出身。我现在卖东西，也要讲故事，要跟人在情感上打通。卖旅行箱，我就会做一个系列的文章，想通过这些文章来探讨旅行的意义。也许是采访一些名人大家，当然也会做一些实实在在的普通人在用这个旅行箱时的感受。普通人其实就是小的 KOL（关键意见领袖），每个人代表一个人群来说一些关于旅行的事情。做这些其实都是在探讨，在路上发现、探寻、思考的过程，这其实就是用叙事结构、用媒体的思维在做产品。

咸：在转做产品之后有什么收获？

Ｖ姐姐：觉得活到老学到老特别重要。现在什么都要做，把整个人打散了，变成了一个多任务并行的人。这改变开始让我非常困扰，总是很焦虑。比如写一篇很小的推广稿，这也许是我十年前就不做的事情，和编辑改微信从晚七点改到后半夜，一些小的改动会让阅读量高许多，要操心或大或小的渠道，商城怎么装修，这是从一个做单一任务的人转换成一个全能选手的过程。现在就是这样的时代，需要你推翻从前自己学会的十八般武艺。有个字叫"燃"，就是燃烧的燃，我现在就是那种燃的状态：一方面很痛苦，一方面又很享受。这也许就是成长的代价，不管20，30，40，还是50。

咸：人生大概就是这样，要是有一天没有改变自己的动力了，可能活着也就没什么意思了。

Ｖ姐姐：是这意思。做产品后发现，很多用户都喜欢看些碎片化的东西，好像没什么时间来深度阅读了。当然深度阅读也是有需要的，年长一些的人喜欢深度阅读，年轻人最喜欢碎片化的东西。

咸：我就是那种喜欢看碎片化东西的人。（捂脸）

Ｖ姐姐：没关系啊，看碎片化东西也没什么不好。现在深度阅读其实大量的被其他东西取代了。比如美剧，几十分钟能讲个非常精彩的故事又有金句出现，当然吸引人了，你当然会追着它走。这是很自然的事情。也不要把单一的书本当成你唯一的吸收渠道，如果有人非要这么说，那么他就是抱有很狭隘的看法。

咸：超对，我一直觉得自己读书少没文化很自卑。

V 姐姐：不是不是。你看我们年龄层相差挺大，但我们又会成为特别好的朋友，沟通也很顺畅。其实年轻人身上有不确定性，非常迷人，什么都没定下来那种。这是不是聊太深了啊？

咸：那换个话题，对自己现在的状态有没有什么不满？

V 姐姐：有。其实本质上我是个特别内向的人，还是很害羞的，这种状态有时会阻碍我跟别人交流。我自己知道这其实是因为害怕展现自己的不完美，就会刻意跟别人保持一些距离。我现在忽然意识到也许真实才是最完美的。这就是我要改变的地方，我希望能改变。

咸：什么样的人不容易老？

V 姐姐：只要不想年龄这回事就可以不老。要有天真的成分在，那种后天习得的天真。

咸：怎么能有后天习得的天真？我不懂。

V 姐姐：小朋友的天真是先天的天真，是因为小朋友对自己和环境控制力有限，是很柔弱的。后天习得的天真，就是对世界保持天真的好奇心，这是有一部分人会在成长的过程中获得的天真。

还有上个问题说到的怎样不容易老，还是要有一些不计得失。不要太在意这些成功或失败的标准，活在当下。这样就不会老，这就够了。我还觉得我28岁的时候更像个大妈呢，那会儿别人都说我当时的男朋友像我儿子，你可想而知我当时有多老!

咸：胡逼咧咧呢这是，谁信啊⋯⋯

V姐姐：哈哈哈，其实只是状态的问题。此时跟和你在一起也有关系，因为小咸你身上有种很可贵的气质，就是让人跟你说真话特别容易。很真诚的那种，只是你自己意识不到。

咸：我要哭了⋯⋯最后推荐些书给我吧，虽然我可能也懒得看。

V姐姐：我想想，我就说我现在在看的。我想把浦睿文化出的《耶路撒冷三千年》看完，去年看的是台版，没有认真看完。据说大陆版翻译的特别好，准备好好读读。

还有一本是《生命的寻路人》。爱因斯坦说过我们不要过于注重逻辑而忘记灵性直觉的部分，这是天赋。大概就是讲这些。

这里还要推销自家的产品《单读》，读库本设计，内容也很好看。

马啦啦

马姐姐是我的两度天蝎座领导：第一次是在中国移动12580，她是我见过的第一个女强人。看到她巨大的气场我就吓得恨不得绕着走。第二次是辞职前的最后一份工作，她一手创立的"LC风格网"被我所在的公司收购，她先是带着整个团队加入大集团，后来又接手了我所在的部门。当时真有种兜兜转转又在一起了的人生真奇妙的感觉。再次共事，让我们彼此互相了解了不少。今年2月，我发微信跟在美国待产的她辞职，言语中全是对人生的彷徨。她宽慰了我半天，举了好多自己的例子告诉我要学会"顺势而为"。年初，她有了白羊座的女儿小丸子。两个月前，她举家迁往杭州，开始了在淘宝网全球购的新事业。

由于是异地采访，我们尝试用了微信视频的方法，面对面地聊了两个多小时，聊到最后天都黑了。我开始问了一些关于女强人工作的问题，聊了两句她就说：快别聊工作了聊点儿别的吧。然后我就开始胡乱提问，她的好多回答让我特别惊讶，各种万万没想到。

咸： 从北京搬到杭州，生活有什么变化吗？

马啦啦： 来杭州后，生活最大的变化就是 "两点一线"。除了上班就是回家陪丸子，特别简单纯粹。我现在从家到公司，骑自行车大概十分钟，几乎不开车。来杭州两个月，出去吃饭的次数两只手都能数过来，还得算上招待朋友。我从大学开始就是过那种特别热闹的生活，现在这种简单的生活确实从来没经历过。

咸： 那，怀孕的时候难道不是简单的生活吗？

马啦啦： 我孕期一直没改变自己的生活方式。当然喝酒没有怀孕前多，反正是不会耽误聚会吃饭。

咸： 是到了杭州饭局变少了？

马啦啦： 两方面原因吧：一个原因是我现在就喜欢跟丸子在一起。不光是聚会啊，我的健身计划也是完全没办法实现，因为丸子小朋友一拖再拖的。另一个原因就是你说的，换了城市嘛，朋友相对少了些。现在的聚会也都是家庭聚会，都是带着孩子。参加这种家庭聚会，我以前想到就觉得糟心，真没想到其实还挺自然挺开心的。所以，有些东西是没办法设想的，自然而然就变化了。

咸： 丸子出生后，人生是不是进入了新篇章？

马啦啦： 在我生孩子之前，我最怕因为生孩子让我的人生发生变化。因为我是意外怀孕嘛，当时真的特别纠结。到现在，我仍然觉得生孩子特别像赌博，一翻两瞪眼的那种赌。孩子出来了，你高兴就是高兴不高兴就是不高兴，完全无法预测。生完丸子后，完全没有什么产后抑郁，特高兴。丸子是个天生性格特别好的小朋友，这对我来说就是赌博得来的。

咸： 其实采访你我什么都没准备，压根儿不知道怎么准备。我最想知道，女强人有没有什么小问题？就像我吧，每天就得跟我的拖延症 & 三分钟热度做斗争。

马啦啦： 你说的这两个小问题，我都有。不过，我们天蝎座的好处是我能装得比你像样点儿，哈哈。我就知道我给你们的印象跟我自己对自己的了解是不一样的。

我这几天感冒在家休息，除了玩丸子就是在看《樱桃小丸子》。我大学有特别了解我的朋友给我起的外号就叫——小丸子。就是因为我身上有小丸子的毛病：懒 + 三分钟热度。哈哈哈，这也是我女儿叫丸子的原因。

嗯，拖延的例子我想到一个：我想整理在 LC 工作时的资料和文件，这件事我到现在都没做完。还有个迷糊的例子：我离开 LC 的时候电脑里的网页收藏就没拷贝。我当时还告诉我自己这些东西会用得到啊，一定要带上。还好我找到了 JJ，她又帮我拷了一遍。类似的例子太多太多了，你可以一会儿问问我妈，她老在说我有多迷糊。

小咸你是喜欢把自己的小问题挂在嘴边，一直跟别人说。可我们天蝎座是完全不同的性格，我就完全不会说。比如我有三个移动硬盘，里面的资料都是互相覆盖的，文件名字也起得不好。我会喜欢跟别人说：大家存资料一定要注意起好名字！但其实我自己就做不到，哈哈哈哈哈哈。

我自己心里知道有小问题存在，存在就存在。我有助理的时候就要求助理，自己的时候嘛……还是很难改的。不过，总是有解决方法的。

咸：　我记得我辞职后，你有次问我，怎么不去创业？我说，像我这样的人肯定不适合创业。你就批评我说，还没做就否定自己特别不好。那你是不是很少这样呢？

马啦啦：　我这些东西比你藏得深。我否定自己的时候，不会表达。我要是先说了我不行我不行，跟我一起工作的小伙伴看到我都没有信心，怎么跟我做事？你刚才问我女强人的事，我特想全盘托出说我一点儿都不是女强人的样子。好多事情我就在安全的时候才说说，我现在能掌控这些了，我安全了我就愿意说也不怕被写出来。事实是：在36岁之前我自己都是战战兢兢的。我特别想做好的事，我就不能让别人看出我心虚，哪怕我自己是在踮着脚尖够。

其实我的不自信比你更深。你敢把"尿"挂嘴边儿上，我之前的36年从来都不敢，敢开自己玩笑在我看来其实是自信的表现。但是现在，有时候做不成我就承认我现在就是"尿"。能开玩笑，是不同的境界。推己及人，我看到更自信更强大的人，我比你狡猾我会默默观察。大家面对低谷，心虚是都会虚，关键看你以什么样的姿态扛过去。扛的姿态优美，你获得的信任值就会增加。比如老张，他跟我之间就像是我跟你之间的比较级。我在LC有段时间压力大抑郁了，在我快倒下时，他一直说我能行。他是投资人，最后自己卖房子来投资LC，你说他没恐惧么？我觉得不是，就是对压力的耐受程度，表现出来的状态不同。别人看到的，都是你表现出来的样子。

咸：　那，你现在放松吗？

马啦啦： 百分之七十吧。我自己是个心事挺重的人，关于放松我还在摸索中。我很在意跟人的距离，要打破安全的距离非常需要时间。说到"距离感"，我其实特别擅长营造出我想给人的印象，这可能是天生的。像你说我们在 12580 共事的时候，你觉得我有距离感，其实我是当时没什么自信跟大家沟通，我就刻意营造出距离。

咸： 具备什么样的性格成分能让人更开心呢？

马啦啦： 你知道有些人生来就不追求开心么？

咸：完全超出我的理解范围了。

马啦啦： 哈哈哈。比如我们天蝎座，就天然拥有追求悲情和深刻的一面，我之前就不是追求过开心日子的人。原因嘛，可能有天生的成分也有我少女时期看了什么书之类的。我以前就觉得追求开心就是一种……嗯……

咸： 肤浅……我知道你想说我什么……

马啦啦： 哈哈哈，差不多吧。我原来认为很多伟大都是伴随沉重和牺牲的，特别喜欢追求意义感。比如我做这些有什么意义、做这些能改变什么、做这些能有什么收获。我原来在这种意义的指导下，不快乐地过了很多年。因为丸子的到来吧，让我感受到了特别简单的那种开心。比如给她洗澡摸她的肉我就开心，吃奶时候她龇牙冲我笑我就开心……发现了好多本质的东西，更简单了。

小咸你在辞职之后写过一段话，对我影响挺大。大概意思是辞职后生活变简单了，快乐的点会随之变低之类的……我现在记性真不好，怀孕真的会傻三年！总之我原来就是想太多，做一件事就要想之后的八十步那种。我有大概六年都特不开心，但是到了今年乌云一下就散了，有种太阳透进来了的感觉……也许能特别了解单纯的快乐，还是需要自我修行的过程。

咸： 是因为丸子的到来，还是因为经历多了成长了？

马啦啦： 都有。也不能把这么大的改变完全归结到生孩子上。你看我生孩子之前经历过离婚、创业等好多人生的大起大落，成长呢也是到这儿了，正好丸子也来了。孩子的到来不能把所有女人变成一个样，我这种永远都是个案。我一直都在理性地表达当母亲后的改变，千万别放大。

咸： 对丸子以后有没有什么期待？

马啦啦： 没。这个"没"有两层意思：一是，有绝对的自信，有我和丸子爸爸的基因，她起码不会变成一个无趣的人。另外是，如果对她有信心，她具体是唱歌跳舞画画还是做会计，都不重要。王小波是学数学的也能写那么好的小说呢！

怀孕的时候，我总在想我应该怎么教育她。我自己是蛮极端的例子，我身上有很多男性化的东西——好奇心啊冒险精神啊。你说这是好还是坏？我自己觉得我还OK，但是我女儿是不是要像我一样活我就会打一个问号了。我不希望教育出一个公主，也不希望她完全跟我一样。

不过自从丸子出现，我就再不纠结这些了。她有天然携带的东西，不用培养，尊重她就好。我只能教她最基本的"善恶美丑"，她懂了之后自己就有判断力有选择的权利。我没办法控制她的自由思维。

后天的培养可能有影响，但是都是未知的。不是 1+1=2，是环境作用到你身上后的反应。有了丸子，我看心理方面的东西特多，与其说是为了教育她，更重要的是让我自己更坦然一点儿，让我自己知道她正处在什么阶段我能做些什么。

至于说我对她的影响，我就是做好我能做的。当然，我肯定有做不好的地方，那也没办法，可能这就是命运了。

咸： 曾经的抑郁带给你什么呢？

马啦啦： 也是一段宝贵的人生经历吧。一切都过去之后可以这样说。

咸： 发展到要自杀的程度了么？

马啦啦： 有。有次在十几层楼，我当时看着窗外觉得跳下去也不错。对对对，我想到个问题：其实我以前就是一个对生命特别不看重的人。我不知道你是不是特别 "惜命" 那种人？

咸： 特。别。惜。命。不看重生命，我完全不能理解……

马啦啦： 怎么说呢，就是以前我对死亡没什么恐惧，我有时候觉得还挺好的。不过现在，我就不考虑这些了。

咸： 真是想不到，今天的你的回答我好多都是万万没想到！

马啦啦： 所以，每个人在好多事情上的反应都完全不一样。可能你这采访也不是要写出什么道理来，过程特别好，就让你收获好多以前注意不到的东西，真的特别宝贵。其实身边每个人都是未知，我特佩服你能发起这 300 人的采访。就像是走上了一条特别精彩的路，"精彩"是什么意思？就是伴随着未知。这本身就是最好的锻炼。

咸： **聊聊最近有什么目标吧。**

马啦啦： 我原来从来没有什么清晰的目标。现在真是有了，就是三年之后带丸子去荷兰。我一直希望能在欧洲生活一段时间，我也不觉得生了孩子就会阻碍我去实现目标，反而是让我更有勇气去实现，丸子就是我的一个陪伴。关于去哪个国家，我觉得荷兰很嗨，让丸子去上个幼儿园她能学个四国语言什么的，挺好。

刚才说我原来没什么目标，因为我原来就是个体验主义者。我就想有更多的体验，没有规划。比如，我从来没想过能敲钟上市，但是要是有敲钟上市的体验我觉得也不赖！我 18 岁之后的经历就像好多人的好多次人生，不管是工作还是恋爱我都体验过很多，我这辈子活得也够本儿了！后面有什么，都是锦上添花，像丸子的到来就是锦上添花。

我还有好多小愿望，都是关于丸子的：我会带她去天文馆看星星，会带她在下雪天去故宫亲自给她讲解……我还想着等丸子三岁以后带她去欧洲的时候，我要谈恋爱！

线线

线线出国前是某大企业的一名中层员工。在北京，他是一个很成功的白领。我们在 2009 年认识，从同事变成了好朋友。今年年初，他辞去工作，开始了在东京的游学生活。在东京的日子，他边做时尚买手养活自己边在语言学校学习日语，梦想能成为森山大道一样的摄影大师。

线线是对我很重要的朋友之一。如果不是在 12580 工作期间遇到他和猴子，我也不会变得像现在这么胆大和喜欢表达。是他们让我发现原来人还可以活得这样自我 & 随性，让我能努力丢掉自己的各种包袱和牵绊。

咸：为什么忽然决定出国？

线线：我不想结婚，不是特别有才华又不会左右逢源，不怎么渴望金钱和成功……这一切在国内注定是边缘人。在中国当边缘人太显眼，所以我就决定出国，做个彻底自由的边缘人。到了东京，我没有了要挤入主流社会的义务，也就完全不难受了。

再有，我烦透了那种一切都按部就班、朝九晚五的生活，看不到什么新鲜和希望。我是水瓶座，要不停地寻找刺激和新东西。我喜欢在一个陌生环境重新开始的新鲜感。每天面对新的环境和人群，学习这里的社交方式，学习和这里的人相处。

咸：不结婚的话，会担心孤独终老么？

线线：我会逃避这问题。我想过两种可能：一、我觉得我也许活不过60岁；二、也许会找到个稳定伴侣一起面对衰老，对此我还是抱有希望的。

前两年我的重点是努力工作，工作遇到瓶颈我就出国……有的人选择婚姻是人生主导，我不是。其实我完全没什么终点，今天有饭就吃饭有面包就吃面包，不会长期计划的。

咸：现在在东京，有什么开心的事吗？

线线：最近，我去看了摄影师森山大道的展览，他是我最喜欢的摄影师。能近距离见到自己喜欢的摄影师，能和他生活在一个城市，我就很开心。

更开心是：没有人管我，没有什么束缚。

咸：国内有什么人管你吗？

线线：国内是熟悉的环境，有社会压力。我特别喜欢东京的新宿。第一次到新宿的时候好震惊！Amazing! 那有一个非常大的换乘车站，有很多地铁、铁路在那交汇，有很多出口，有很多人来来往往……一到新宿，就有很强烈的孤独感袭来。奇怪的人、彼此不认识的人，像道具一样在走路。这种人与人之间的疏离感，就是我想要的。就是把自己当作旁观者来观看的感觉。北京的环境太熟悉了，完全没有这种感觉。

前天，我一个人从新宿回家，忽然下起了雨。我就想到，森山大道也常常拿着照相机在街头漫无目的地走……于是我就觉得我过上了和他一样的生活。

咸：这种生活会不会有点儿不太现实？

线线：每一天都是真实存在的，可能因为它打破了常规，就显得有点儿不太现实。有时候，觉得自己没生活在东京，好像生活在一个虚拟的城市，朋友不多，跟社会接触得也少。日常接触最多的都是国内的微博、新闻，不是日本本地的资讯。

咸：这种状态下，朋友重要吗？

线线：国内的朋友每天都要联系，不联系就觉得心里很虚。其实只是物理上的距离远了，心的距离还是一样。区别是，以前可能是见面聊天，现在是用微信沟通。

快30岁了，再去认识新朋友好像挺难的……不过，我也在尝试，我在新认识的朋友身上经常能找到老朋友的样子。

咸：说说你的新朋友吧。

线线：自己什么样的性格，就会得到什么样的朋友。我现在新认识的两个朋友，有些方面和我挺像的。

一个是可以一起吃饭的朋友，是韩国人。他从小学日文，大学学中文。他中文很好，能用中文的口语对话。他也愿意教我日文，我们每周都见面。他不文艺，很单纯，像个单细胞生物。有一天，他说："我是个好人，我知道你也是好人，所以我们才做朋友。"他最近刚辞职，想进中国的公司，我还帮他修改了简历。

还有一个很逗的日本朋友，学服装设计的，是那种精神可以交流的朋友。他很爱中国文化，是那种非常有兴趣的文艺青年，经常说出好多书面语的中文。他也爱摄影，给我介绍了好多东京的摄影展和摄影师，特别好。

这两个新朋友都是在社交软件上认识的。

咸：最近日语学得怎么样？

线线：我在语言上真的没什么天赋……最近上课好像回到了小学时代，明明知道学了会好，但是就是不想学……给自己找各种理由不学习。现在换到了语言学校里最宽松的一个班，还挺开心的，班里好多泰国、尼泊尔、菲律宾之类国家来的同学，特别好玩。就像"放牛班"，大家都闹着玩，不是为了学习而学习的感觉。

咸：不担心学不会日语么？

线线：基本上不担心，听天由命，看造化。

咸：还想申请研究生吗？

线线：之前想读，现在不想了。念完研究生也是重复之前在国内的老路，过白领的生活。

咸：现在每天节奏快吗？

线线：还可以，自己控制自己的节奏，什么时候买东西什么时候发货，哪天学习哪天跟客户接触哪天联系售后，都是自己操心。自己对自己负责，所以做得很认真。

在东京，日本人就好像被划定在了不同的格子里。他们每个阶段做什么，每天做什么，每小时做什么，好像都是规定好的。这点儿我还挺受不了。

有次，我给日语老师看我的日记，写我每天去健身、游泳。日语老师就很惊讶为什么每天都去健身！在日本，好像只有老年人和小学生才有时间去游泳健身。他们觉得像我这个年纪，就要努力学习努力工作。其实他们只是表面看起来很有规矩，其实内心还不知道怎么想……

咸：举个例子说说。

线线：有一次，我步行过马路，很想闯红灯。看到旁边有个日本人也在等红灯，然后我就给了他个鼓励的眼神，我们就一起闯了红灯。

咸：哈哈，你俩有没有相视一笑？

线线：没有，表情很严肃的。只是在闯红灯那一刹那，我们给了彼此力量和信任。在东京好像就是这样，人与人之间很有距离，故意保持距离的感觉。在日本，特别流行一个词：ひとり，就是"一个人，单身"的意思。他们有为一个人建造的房子，有一个人旅行的杂志，有一个人吃饭的餐厅。

咸：听起来好孤独。

线线：是的。连酒吧里面都是隔成一小间一小间的。

咸：那你喜欢这种距离？

线线：喜欢又讨厌，很矛盾。不想别人打扰我，可有时又会觉得孤独。又享受又痛恨的感觉。东京的生活看起来很平稳，没有北京那么多梦想、一夜暴富、创业什么的。这个国家好像没什么冒险精神，就是按照设定的一切在走。

咸：这不是你最讨厌的吗？这种按部就班的日子。

线线：我也没融入这种平稳的东京生活啊。我可以不融入，保持距离，过自己的日子。也没有特别强烈的我在哪个国家的感觉，我精神上虚拟了一个国家，这个国家就是：国外。

咸：觉得自己像是游客？

线线：不是。不想以游客的身份来发现什么不同，就是单纯想体验生活。

咸：在尝试摄影吗？

线线：每天都在尝试拍照片。做买手是为了生存，摄影是梦想，这两个可以共存。

日本人的
孤独力

Ｗ ·靡涯
文字

Ｐ ·李欣
图片

靡涯
————

微博 代表作
⊚ 作家
靡涯 《日本小时光》

在 2011 年日本大震灾后，日本人开始重新定义"人与人之间纽带"的含义，

并且在各种场合呼吁"与谁联系"的重要性，以 SNS 为首的"网络社交"被当

作纽带工具大规模流行。一方面许多年轻人开始致力于认识和结交新的朋友，

而另一方面，几乎没有朋友的"孤独者"，这一群体的人数却在逐年增加。

在日本，有很多关于朋友的数字统计。成年人拥有朋友的数量平均是

10 人左右。没有任何朋友的人也占到了 5 ～ 6%。如果从年龄段上看的话，

30 ～ 40 岁应该是工作和家庭最充实的阶段，其中包括能信赖的同事和应该守

护的家人。不过，能唤作"真正的朋友"的人就那么少吗？甚至是没有？那么，在社交纽带全盛的现在，朋友少的人作为人的价值也低吗？或者说这一类人存在着某种缺陷吗？如果说为了充实自己的人生，厌烦在人际关系中被掠夺过多的私人时间，开始检讨并清理自己的朋友圈时，不知不觉一个人度过的时间变多了。可以说这种情况被很多人误认为是孤僻甚至是不合群。其实人际关系随着时代的发展也衍生了不同的元素，甚至是为了适应这个大环境，我们必须习得的一种新的能力，那就是一个人独处的能力，日本人把它叫作"孤独力"。这是一种带有毅力、韧性，并且有创意地活在现代所必需的能力，而且是从现在开始的，将越发变得重要的一种力量。

在日本公司里流传着一个"午餐综合征"的名词。

指的是对和同事共进午餐表示忧虑，考虑吃什么，和谁坐在一起，共餐时应该聊些什么样的话题……这种忧虑甚至到了神经过敏的地步。可能是深信没有一起共进午餐的伙伴是难相处的人吧！反过来，扎堆吃饭的人就表示在公司很受欢迎吗？这个调查表明，事实上在日本的公司，很多人是被强制去吃午餐的，并且内心在抱怨浪费时间和金钱的同时，使本来压力巨大的工作环境又增添了不必要的烦恼。其实，对于整天忙碌的上班族来说，午休是腾出一个人时间的唯一机会，我们应该珍惜这个机会，才能在工作上浮现出好的想法。而真正出色的想法都是来自我们的内心自问，或者是与亲密家人的深层交谈中的灵光乍现。

写到这里，想起来一篇分析日本人的性格背景的文章说道：日本人喜欢群集的理由是因为日本社会有一个协调压力在，简单地说就是"做事情不能显眼，

在2011年日本大震灾后，日本人开始重新定义"人与人之间的纽带"的含义，并担任各种场合呼吁与推崇系一的重要性。以发挥育的网络社交被当作组带工具大规模流行一方面许多年轻人开始致力于认识和结交新的朋友而另一方面，几乎没有朋友的"孤独者"这一群体的人数却在逐年增加

和周围一样，要协调一致"。大部分日本人认为：在同一集团内如果和周围的邻居、朋友或是同事们的行为不一致的话，一定不能维持稳定的生活。反过来：与周围打成一片，做一样的事才是最安全的选择。对他们来说，"朋友少的人""不一起吃午餐的人"和"消极对待公司组织的旅行和聚餐的人"，全体都是"不能适应集体的可怜人"。正因为如此，很多日本人一边在同情这些可怜人，一边神经过敏地害怕自己也落得这样的"下场"，而暗自打算增加"朋友"的数量。

无论是在中国还是日本，现在我们所处的社会是一样的，即使是表面维持广泛的人际关系，也会被各种应酬填满日程，在这种情况下大多数人反倒能被麻痹得轻松地活着。因为通过社交网络大家在虚拟的世界里也能建立起感情，点赞或者是转发的数量慢慢地可以证明自己有那么多的价值。这种乐观的状态可能会让你不再被孤独时的忧虑所困扰，打消各种不安的念头。可是我们作为人活着，就是不断地为各种事情烦恼，结交朋友也是一样的道理，不是为了和朋友一起饮酒作乐，而是要和朋友一起成长。但在这种状态下，我们是无法成长的。特别是那些和周围过度协调、忽略自己的人，即便是在工作中拥有很多朋友，在高龄化的日本社会里，到了退休年龄时，想必会变得更加无所适从吧！

另一方面，拥有自己的人，即便是朋友不多，但他们在孤独的时间里谙熟自己的人生方向和想要的东西，无论何时都可以保持内心的平衡。这就意味着，不知什么时候选择了孤独的人，迎合了我们人类本来就是孤独的本心，无意识地整理了杂乱的人际关系。在考虑人生重大选择时，了解自己内心的真实想法，知道今后该如何去生活。拥有这样深层地心灵对话想法的他们，正是选择了确保一个人的时间。

可能很多人担心，一个人的时间变多，把他人拒于千里之外，关键时刻谁会出手相助呢？反过来，在微博和 FACEBOOK 上结交的朋友，困难之时谁又会帮助你呢？要记住，表面的朋友是帮助不了自己的，真正能帮助自己的是懂得和理解孤独的朋友们。所以，与其和那些不理解自己的人保持步调一致导致精神疲累，倒不如忠于自己的内心，去正面接纳"孤独"，说不定就能遇到真正的朋友。况且，在这种不丢失自我的状态下去结交朋友，对方也会认为：这个人忠于自己的想法，守护自己的内心，想必无论到何时也会守护作为朋友的我吧！

可能这样的朋友不会很多，但肯定有。

如何培养自己的孤独力？

明治大学的诸富教授指出：培养自己的孤独力，不是一气呵成的，可以设置几个规则一点点腾出自己的时间。譬如，对于他来说，8 人以上的聚餐作为原则是不参加的。因为不能深入话题，4 个人是界限。如果是上司和下属这种关系的企业聚餐，年终奖金和享受美味佳肴才是重点。

在这里他为大家推荐了一个地方：柜台酒吧。它可以成为掌握孤独力最佳的场所。并且，卡拉 OK 最好也是一个人去。如果 10 个人去卡拉 OK，对帮忙点歌或者是在一旁打手鼓的人来说，一定是痛苦的回忆。所以，想去卡拉 OK，一个人去最好。可以自由点歌，也能冒险飙高音。更重要的是可以快乐地磨练你的孤独力。

注：
文中部分数据以及日本世论调查内容由笔者翻译整理日本明治大学文学部教授诸富祥彦 2013 年 11 月 21 日登载于"日经商业访谈"的笔录。

朋友啊朋友

Word文字 · 元悟空

元悟空
————
作家
代表作《当时年少》
《十二因缘》等

　　或许标题也可以写成"基友啊基友"。因为基本上，这就是个不停毁词同时不停造词的时代。在全民营销的狂潮下，无成本的冠冕作为营销技巧之一，早已泛滥成灾，从"帅哥""美女"一路冲杀到"男神""女神"，覆巢之下，"朋友"亦在劫难逃。不信？

　　朋友，你听说过安利吗？

　　够了，让我们安静地聊会儿天。"朋友"这种以概念定义的词，每个人理解起来自然是千差万别。所以，基友和朋友可能还不是一回事。

损友、闺密、网友、死党是朋友；世交、故交、至交、款交是朋友；忘年交、君子交、患难交、忘形交是朋友……这个忘形交的概念有点儿像男闺密。可见太阳底下无新事。

所谓朋友，标准各异。吃货可为友，这叫酒肉朋友；一起干坏事亦可为友，如果规模够大结成利益集团，则叫作"朋党"；品级较高、宗教信仰相同可为友，称为教友；闲暇无事吆五喝六，是牌友赌友，而牌友赌友又可归为酒肉朋友一类，错综复杂，不一而足。

总的来说，朋友一词应属褒义，因为通常看到这个词时，人们的第一反应会涌现"忠诚、温暖、帮助、爱护"等闪耀着小星光的美好感受。奇怪的是，"朋友"所辖各子概念却千姿百态良莠参差。

林黛玉和妙玉应该算朋友，但不算闺密。林黛玉和薛宝钗更不是闺密，不过这不妨碍薛宝钗以闺密之名祸害林黛玉。男人也好不到哪儿去，梁山好汉们动不动就歃血为盟，到最后图穷匕见，宋江固然没有善终，他的兄弟也都黯淡收官：公孙胜出家，柴进辞官务农，阮小七终老石碣村，就像莱格拉斯最终身边只有好友吉姆利相伴，孤帆远航。若结局止于此的话，也算挥手自兹去，相忘于江湖，但东西方对于朋友的定义是不一样的，对东方人来说，似乎不死不足以明志，所以花荣吴用自缢，最惨的是李逵，居然被宋江毒死，这帮男人算不算朋友？似乎应该算的。好吧，朋友究竟是什么？

如果各怀其心也可以是朋友，那就不能不提项羽和刘邦，仗剑并起，相与图秦，末了诛则诛之，哭则哭之。谁知道刘邦这个草根是不是嫉妒富二代项羽呢？没准儿打从一开始，刘邦和项羽的结拜就动机不良。当然，和流氓交朋友的下场，大家都看到了。

诸多事例证明，与朋友交而不信，时间久了肯定影响运行环境，轻则死机重则系统崩溃。

正邪且不论，"真实"应当是朋友的基础，遑论真小人和真君子。

我见过这么一件事，有个 N 代世子，之所以说他是 N 代，因为此人祖上源远流长，家族中不乏官宦权贵，并非时下"二代"土豪之流，沿袭欧洲的说法，算是"蓝血贵族"。这人的家族虽然在建国后众所周知的那十年中遭到冲击，但也许基因强大，加上海外枝蔓太多，所以很快趁着新政策的浪潮卷土重来，迅速回到金字塔尖的位置。背景简述完毕，下面说这个人，就叫这人"公子"好了。公子出生在 20 世纪 80 年代中后期，因此成长过程中没有艰难岁月的记忆，一路鸟语花香春光明媚。按常规分析，这类人的走向毫无悬念，通常就待在俯视众生的那个状态下尽其天年，可公子偏偏觉得人生需要猎奇，换句话说，他觉得把人生当作行为艺术来过，远比按部就班来得刺激。

那么对他而言什么是刺激呢？接着往下看。现实生活中他是没法玩行为艺术的，一是因为他待的那个圈层不给他这种机会，二是万一玩砸了，后果是他无法估量以及承担的。

于是公子上网了。开始和那些以"奋斗""成为富二代的爹""心有多大舞台就有多大"为人生关键词的同龄人混迹。

混迹久了，逐渐有了三两个联系比较密切的网友，公子对其中一个非常有兴趣，这位网友就叫"壮志"好了，望名知意，壮志对人生雄心勃勃。现在我们来看壮志的人生基本配置：某县城普通家庭，父母是开小杂货铺的，收入不详。壮志毕业于 211 大学人力资源本科，外形正常，不高不矮不丑不俊，就是满大街都看得到的那种。壮志在帝都某国企基层当业务经理，月薪税后一万，赶在房价大涨前按揭了一套四环边的二居室，大约一百平米。

壮志的情况对于普通人来说很不错。因此，和大多数"很不错"的人一样，壮志对自己的认识不大客观。壮志每每出现在聊天群的时候，语气都比较气吞山河君临天下，当然了，群里的人也不是傻子，大家懒得搭理壮志，若是有人心情比较好，也会顺水推舟奉承壮志几句，公子属于其中之一。

于是壮志把公子纳为自己的铁粉。壮志问公子是干什么的，公子说是某央媒记者。公子有诸多社会虚衔，为什么单挑了个央媒记者的身份说事，公子是有考虑的：央媒记者上可通天下可遁地，万一将来自己兴头所致想帮帮壮志，不至于暴露自己。

壮志很忙，公子暂时也不想和壮志在网下过多接触，所以他俩聊得比较多但很少见面。

聊天过程中，壮志对公子的态度基本上比较鄙夷。首先壮志觉得小记者没钱；其次，壮志发现公子对人总是很有礼貌，态度谦卑，壮志运用换位思考的知识理论分析后，断定公子出身低贱。不过，民间总是有高人的。群里有位高人就觉得公子高深莫测，来路可疑。高人意指的来路可疑不是通缉在逃那种，而是微服私访那种。偏巧壮志对此高人较为认可，姑且算是从善如流吧，总之，壮志认为公子也许有用，于是归为人脉备胎。不幸的是，壮志这些心理活动，公子一清二楚。

有了这些心思，壮志对公子的态度就显得非常怪异。壮志总想探听公子的底细，但公子油盐不进，壮志火儿大，没事就挖苦公子，挖苦完了赶紧草草找补几句，找补完了又挖苦，公子因为要玩行为艺术，所以就一直忍。概括起来，有点儿"虐恋情深"的状态。公子在忍的过程中，想进一步确认壮志的人品，可惜，从壮志闲聊中提及的一些竞争手段来看，壮志做事没啥底线，最要命的是，壮志酷爱挖掘领导和同事的隐私，作为储备弹药，并且屡次付诸实施，对方下场均较为惨烈。至此，壮志彻底把公子给惊着了，公子认为不能和壮志继续搅和下去。

由于公子和壮志聊的过程基本属于瞎聊，所以壮志那边获得的信息几乎全是假的，本来公子可以全身而退，这时候老天看不过去了，也许是觉得公子脑子好用过了头，也许是觉得壮志这么笨居然还敢玩心眼儿，总之老天决定摊牌了——电视台某专辑里介绍公子的萱堂大人，镜头扫到书架，书架上有张全家福，全家福里有公子，总共不到两秒的镜头，居然被壮志看到了。

壮志出于谨慎，上网搜到视频，截图下来反复研究，然后仰天大笑出门去，壮志断定自己的人生就此改写了。

壮志开始密切联系公子，但此时公子已经下定决心遁迹。后来事情的发展挺像粉丝追星的：粉丝觉得自己对明星的背景爱好成长经历非常了解，但明星对粉丝的真实想法，粉丝是做梦也想不到的。

公子结束行为艺术回归家族，往昔已随雨打风吹去，而壮志却依旧顽强地坚持联系公子，光阴荏苒，痴心不改，据我所知已有六年了。壮志单方面发短信打电话托关系一再希望重修旧好，但公子从无回音。壮志总对人说："我和他是好朋友，认识很久了。真的！"

不知道他会不会坚持一生。

这是个悲凉的故事，一点儿也不好笑。须知守口如瓶者，必然防意如城。"好朋友"这词是不能轻易出口的，"朋友"亦同。友谊和爱情有点儿类似：切忌自作多情，切忌死缠烂打，切忌唯利是图。否则，交朋友交成了妄想型精神分裂，怪叫人唏嘘的。

已经去世的河北作家贾大山，真正为世人熟知，应该是去年 1 月石家庄市作协副主席康志刚在博客上转载的习近平主席文章《忆大山》。这篇文章最早发表在《当代人》杂志，出版日期是 1998 年，贾大山去世的第二年。文章中有这样一段话：

> 作为一名作家，大山有着洞察社会人生的深邃目光和独特视角。他率真善良、恩怨分明、才华横溢、析理透彻。对人们反映强烈的一些社会问题，他往往有自己精辟独到、合情合理的意见和建议。因此，在与大山作为知己相处的同时，我还更多地把他这里作为及时了解社情民意的窗口和渠道，把他作为我行政与为人的参谋和榜样。

宋代陈亮在《与吕伯恭正字书》之二中说：天下事常出于人意料之外，志同道合，便能引其类。

贾大山初见习近平，言出不恭，但这并不妨碍两人成为挚友。贾大山终其一生，在官场上只是个小人物，甚至于，就在习近平前景越来越光明的时候，贾大山反而渐渐和这位旧友减少了联系。如果贾大山当初"聪明"点儿，把习近平当作"人脉"，那么贾大山最多不过是习近平生命中所遭遇的诸多过客之一，绝不会拥有这样一段直至生命完结，依然纯粹的友谊。

近两年落马的高官不胜枚举，从周永康到薄熙来，从李春城到刘铁男，拔出萝卜带出泥，一查处就是一串儿。正如习主席在十八届中央纪委三次全会上讲话时说："决不能搞小山头、小圈子、小团伙那一套，决不能搞门客、门宦、门附那一套，搞这种东西总有一天会出事！"

而这一套，恰恰是社会上不少人趋之若鹜的"人脉"经营。

以人为鉴，可以明得失。大智慧与小聪明之别，颇耐寻味。

大人物如此，小人物亦如是。有些人容易迷失，是因为缺乏信仰，而信仰需要类似宗教徒的虔诚，也就是不计得失，无怨无悔的坚守。对于心浮气躁的人来说，这样不保底的付出，不值得尝试。

正因为如此，才会物以类聚。从这点上来看，人生全是自己"作"出来的。

天道有常，不为尧存，不为桀亡。故人之不悟，不可谓至人矣。

我小时候有几个特别要好的小伙伴。印象最深的是夏天来临时，小伙伴们钻进家里大桌子下，摆开盛宴。谁家的西瓜，谁家的蛋糕，谁家的饼干，谁家的巧克力，谁家的汽水，已经记不清了，唯一记得的是那种至今仍清晰无比的快乐。

当年的小伙伴们如今天各一方，偶尔联系起来，仍然是"倾我所能，尽我所有"。大概从那年夏天开始，我们就意识到在一起的意义在于分享，意识到快乐是群体的感受而不是个人的胜出。

然而，成长毕竟是万分辛苦的征途，几乎没有人能一直行走在晴天大路。不然不会有这么多人越活越不明白，活不明白的具体表现就是"累"："累成狗""哭成狗""冻成狗"乃至"穷成狗""忙成狗""丑成狗"，总之不是人。

实事求是来说，目前犬类在食物链中的生存状况，未必比不上大多数人在人类社会的生存地位。倒不如说"累成猪""哭成猪""单身猪"贴切些，关于这点，王小波是有先见之明的。而且王小波也说了，特立独行的就那么一个。

可见，即使是猪，也是需要朋友的。

　　孟子曰：行有不得，反求诸己。如果觉得自己想要建立联系的"人脉"难以企及，那还是把自己变成"人脉"眼里的"人脉"；如果觉得自己与想要交往的"朋友"难有交集，那还是把自己变成"朋友"眼里的"朋友"吧。这样会活得不那么累。这样，你会更快认识到自己究竟是谁。

　　归根到底，一个人最好先和自己交朋友，再去和别人交朋友。否则，执着攀缘朋友种种，无异镜花水月，了不可得。

　　于浮华的生涯里，给自己一点儿沉静的时光，和自己来往，与自己谈心。

　　说不定，就会找到那个与生俱来却逐渐被淡忘的朋友。

阳明远望
忆晶文

野夫
————
作家
代表作《乡关何处》
微博@土家野夫

Word
文字·野夫

Picture
图片·暴暴蓝

一

还是前年之冬，台北的雨夜，雨如水注，夜也凛冽。

晶文兄驾着他的越野车，要带我去他在阳明山赁居的别业小驻。车轰隆在飘风泼水的蜿蜒山道上，仿佛重返我们曾经的滇藏路。晶文兄原本寡言之人，疾风骤雨中的浓夜，似乎加深了他的沉默。别业在密林深处，周边虽有稀散人户，却已阒寂。这样夤夜的抵达，如入聊斋故事之萧森背景，似有几分惊惧。

他把他借来的楼上朋友的房屋让给了我住，我去他楼下的蜗居看了看，很逼仄的空间，堆满了书和碟片。一张单人床，冷冷清清地孤悬在那儿。我在想，这么些年，他是如何热爱上这种山居枯寂的？他就这样独自往返于他的清冷生活中吗？一个曾经的影星，早早就别过了灯影衣香，低调踏实地埋首于工作和行走，这是怎样获得的一种定力呢？

但是，我从来没有问过——关于他，关于他的生活，关于爱与哀愁……我以为我们还有漫长的余生，可以一起行走，可以慢慢地释疑我的好奇。我们甚至不久前还电话相约了，今夏就带他和阿渡一家去我的故乡，大巴山深处，那子规啼血的僻野。那是他喜欢的远足，那绿杨深处杜鹃唤"不如归去"的古老乐句，一直是我们心动肝颤的声音。

可是，就在几天前，他却猝然长去，永归道山了。接到子华的夜半电话，我彻夜无眠，抽搐在故乡的薄衾寒舍中，五官歪斜地呜咽着。而今，子归余未归，阳明山那风雨冥路，隔着刀口般的海峡，我却无法去陪他最后一程行脚了。

二

初识晶文兄也就几年前，我第一次去台湾时。回国后我写了一篇《民国屐痕》，其中一段是这样写我和他的缘分的——

我们这一代对真实台湾的最初了解，大抵多由文艺而来。从邓丽君的歌侯孝贤的电影，到郑愁予的诗白先勇的小说。是这样一些偷听盗版和传抄，使我们渐渐确知，在严密的高墙禁锢之外，在毫无人味儿的"革命文艺"之外，还有另外一些中国人在享受着另外一种温软生活，在抒写着另外一些明心见性的文字。

澎湖湾基隆港都是随歌声一起飘来的地名，忠孝东路淡水湾从吉他的弦上延伸到我们的视角。一个海外孤悬的小岛，从罗大佑到周杰伦，润物有声地浸透着此岸两代人枯燥的心灵。尽管今日之台湾电影，似乎远不如大陆贺岁片卖座；但是重温侯孝贤那些散文电影，依旧会让那些擅长法西斯盛典的导演相形见绌。

《恋恋风尘》是侯孝贤早期的叙事，讲述一对青梅竹马的男女，打小儿并不自觉于所谓的爱情。后来一起去城市打工，女孩的妈托付阿远，"你要好好照顾阿云，不要让她变坏了，以后，好坏都是你的人。"——听着就温润的嘱托啊。阿远应征入伍了，阿云送给阿远的礼物是一千零九十六个写好自己地址姓名并贴好邮票的信封。结果是阿远退伍之前，阿云和天天送信的邮差结婚了。看这个电影，我常常想起沈从文的小说《阿金》，一样不可捉摸的命运，透出悲凉的黑色幽默。

电影的外景选在基隆山下的小镇——九份；也因为这个电影，使这个寂寞无名的矿区，成为了今日台北郊野的旅游胜地。这是大陆旅游团不会光顾的地方，我决定去这一陌生所在，是因为陪我去的，竟然就是电影的男主角阿远的扮演者王晶文。

晶文兄应与我同代，岁在中龄却依旧如当年剧中人一般纯净腼腆，不似我一般顽劣。一个当年的明星，重返他使之扬名的古镇，却丝毫没有一点儿我们所习见的张扬。说话轻言细语，低调得生怕惊动了那个曲折深巷。在那早已废弃的乡村影院断墙上，依旧悬挂着多年前那幅《恋恋风尘》的著名广告——他扛着一袋米挽着阿云行走在矿山的铁轨上。但是已经没有人还能认出，他就是那个不知将被命运之轨带向何方的青年了。看着曾经

的俪影，他低语说那个演阿云的姑娘，后来去了海外。

　　我很好奇于他这个当年电影科班出身且早早成名的男人，怎么不再继续活跃于影视的名利场上。他说他就像那男主角一样，演完电影就去金门岛服役了——这是当年台湾每个大学生都要完成的一段使命。他在金门，爱上了运动和写作，于是成为了今天大报的体育记者，成为了一个远离镜头灯光的自行车漫游人。

　　九份是日据时代的一个废弃的金矿开采区，至今仍保留着浓郁的殖民特色。沿山蜿蜒的小街，俯瞰着海市蜃楼一般的基隆港。家家门脸儿都在经营着各色点心和特产，一样的喧哗却有着迥异于内地古镇的干净。我们去一个挂着《恋恋风尘》景点招牌的茶肆吃茶，古旧的桌椅恬静的茶娘，木炭火上温着的陶壶咕噜着怀旧的氤氲。茶具和茶汤都那么好，只许一个好字似乎其他皆难以形容。

　　没有人还能认出这就是当日少年，我们在两岸各自老去；我们隔着几十年的政治烽烟，艰难地走到一起温一壶中年的午后茶，像董桥所说那样沏几片乡愁，然后再迷失在海峡的茫茫之中。临别我说，我在云南的古镇茶肆，等你来骑车。我们多么渴望这是一个没有驱逐也不需签证的世界啊，我们这些大地上的漫游者，祖国的浪子，可以自由丈量自己的人生。

就是这样一次郊游，我和晶文兄成了好友。我也如约安排了我们的滇西之行，让他第一次看到了我的江湖生活。

三

温润如玉，是古人对君子的美誉。这样的赞叹，我一直在心底加给了晶文兄。与他相处，他的文雅，他的谦逊，他的腼腆甚至羞涩，都让我的粗野相形见绌。他不烟不酒，但在大理丽江这样的豪迈之地，在我的力劝下，自然也只好浅酌一杯。每饮必顿时脸红，眸子中闪出波光来。酒后的他稍微话多一些，但更多的时候依旧只是倾听，或者跟着傻傻地笑，只有灿烂面容而没有声音的那种笑。

晶文善烹茶。前年在丽江的客馆，在女主人的茶舍，他为我和阿渡煮茶解酒。两岸的三个文艺中年，酒兴未阑，我又接着劝醉。他依旧只是点到为止，但竟也有如痴如醉的飘然。我们不知怎么就开始拍打起手鼓，比赛似的唱起各自童年的老歌来。我的老歌多是他们闻所未闻的旋律，而他们的民歌和校园歌曲，却多是从 80 年代便开始灌入耳膜的。不得已，他们只好唱起了闽南话民歌，我只好傻眼地听着，再也无法插入合唱。

那时，依稀记得他说，他的祖上来自山西，落户台湾已经许多代了。他算"本省人"的孩子，从小讲闽南语长大。他想去山西的王家大院看看，似乎祖上传说就是从那里走出来的。他因为酷爱旅行，走过大陆很多地方。但是，大陆实在太大，我说我每年请你走一个值得一看的地方吧。

于是去年夏天，我又专程从德国赶回来，陪他和阿渡一家去了康区。我们从香格里拉出发，环绕了甘孜州一大半的藏区；巴塘理塘，稻城亚丁，每一个名字都是背包客向往的圣地，但沿途却又多是崎岖和风险。他热爱徒步和自行车运动，攀登过台湾最高的山峰。我们行进在川藏高原，他喜悦得像一个孩子，没有任何一点儿高原反应。

我一直深信他有最好的体质，深信他的良好习惯和训练有素，会保证我们未来去慢慢丈量大地。可是最终传来的噩耗却是，一杯薄酒，阻击了他那蓬勃的心脏……我再也无从邀约他出行了，剩下的路，我们这些手足兄弟，还得形单影只地继续走下去。

　　陶潜诗云："亲戚或余悲，他人亦已歌，死去何所道，托体同山阿。"这些年，我算是见惯生死的人，于幽明暌隔的亲故，早已修得些许旷达。但是，对于晶文兄的骤去，还是无限惊心。此际中国，柳眼当春，依旧雾霾千重。隔着远山远水，唯自心香遥祭。云天外，恍闻晶文兄依然如故的声音——不送不送……

注1：
本文作于 2014 年春
注2：
王晶文（1963 年—2014 年 2 月 27 日）曾任《联合晚报》采访中心副主任、体育组组长，"侯孝贤的电影《恋恋风尘》的男主角王晶文突然过世，这是他人生唯一的电影作品，他是一个资深的体育记者。在电影里，他演的是我，年轻时候的我。"——台湾文化名人吴念真在微博中说，影片根据吴念真的初恋经历改编而成，王晶文饰演男主角林文远。
注3：
文章配图为台湾九份。

人海茫茫

Ｗord 文字 · 凌草夏

Ｐicture 图片 · 罗超凡

凌草夏
————
作家、出版人
微博@凌草夏

　　阿海抱着小孩儿到砂场码头的时候已经是半夜了，小孩儿在他怀里睡得很香，来的路上哭过几次，阿海像个父亲一样搂着小孩儿拍着背，嘴里哄着："不哭不哭，一会儿就见到妈妈了。"

　　他是在南京火车站旁的菜市场把小孩儿抱来的，他买的八点的火车票，七点的菜市场正是早市最忙的时候。小孩儿的奶奶在和小贩为了一斤排骨多少钱扯不清，阿海从一旁走过来亲昵地把小孩儿抱了起来，给了他一个肉包子，逗弄了两下，很自然地就出了菜市场。

一路上人来人往，没有任何人发现异样。

不过阿海还是等天黑了，把小孩儿哄睡着了，才摸黑来了砂场码头。小半年没有回来，他还是有点儿不放心。干妈白天在砂场做门卫，等天黑了，工人们都走了，那艘小船的灯才会亮起来。只是让阿海没想到的是，今天船上还有人。

他在船舱门口愣了一下，干妈发现了他，摆了摆手，让他把小孩儿抱给她。

"进来吧，自己人。"

阿海进去，才认出来，里面坐着的是砂场的工人，云南来打工的老刘，五十多岁，精瘦、黑，抽着烟，烟头一亮一亮的。

"你先进后舱，李桂芳在里面。"干妈边说，边轻拍着手里的小孩儿，站了起来，走了几步。

"嗯。"

"今天很顺利？"阿海进后舱前干妈又问。

"顺利，没人发现。"

"我就知道，你今天会有收获。让你出去躲几个月也是对的，现在没人再查了，以后还是跟今天一样在外地办事，然后再回来，可能比较好。多出去走走，你总是要接我的班。"干妈端详着怀里的小孩儿，昏黄的灯光下，脸上满是慈爱，小孩儿闻到烟味儿，皱了皱眉头。

阿海笑了笑，进了后舱。

后舱有一张小床，李桂芳穿着白裙子就坐在床边上，她没有发现有人进来，依然有点儿痴痴地看着窗外。

窗外只有江水起伏，再往远处，有点点灯光。

今天连月亮都没有，但借着一点点灯光，依然看得出来李桂芳很白，身材很好。

李桂芳的手却一直一下两下地拍着什么，阿海顺着看过去，床上睡着小芒。

阿海走了过去，摸了一把李桂芳的腰，说："你今天怎么会来这里？还把小芒带来了？"

李桂芳吓了一跳，她转过脸，脸上却有泪水，另外半张脸有个鸡蛋一般大的红色胎记。

"你哭什么？"阿海吓了一跳。

"阿海，我要走了。"李桂芳推开阿海的手，站了起来，走到窗边，转过身，摸着自己的肚子，又说，"阿海，我要走了，我怀孕了。"

没等阿海说什么，李桂芳继续对他宣布着消息："是老刘的，是个儿子。"

阿海这一下更不知道说什么好了，他这才看出来，李桂芳的肚子已经隆起来了。

"那你啥意思，你今天，就是来跟我说要走了？"阿海有点儿生气，他本想站起来，冲出去打老刘一顿，但却发现自己没什么立场。

是的，李桂芳是附近小旅馆的服务员，三十多岁，带着十岁的女儿小芒上班。谁也不晓得她到底是哪里的人，从样子和口音来看，可能是四川，也可能是湖南，但也说不定就是江浙的。李桂芳就是这么一个带着五湖四海的口音，私底下，跟这周围一片无妻无儿的男人们睡觉的女人。

阿海也是睡过的。

虽然李桂芳大了阿海将近十岁，但是李桂芳却是他的第一个女人，只有她肯陪阿海睡。

阿海小学毕业时母亲离家出走不知所踪，他就没上学了，五年后父亲死了。

他虽然不丑，但是穷，吃喝嫖赌耍不起，打架斗殴也干不成，有时候也比较尿包，江湖之上，他什么都不是。直到前两年帮干妈干活儿，阿海管自己叫抱孩子的，但实际上他已经成了人贩子。年纪轻轻的男人做人贩子的不多，同龄混社会的人，也知道他开始跟砂场的人婆子来往，更是不搭理他，阿海就干脆帮干妈开始在社会上跑动起来，在家的时间，也就少了。

"阿海，我们也是朋友。"李桂芳见他没说话，算是喊了他一声。

"是的，我们是朋友。"他接了话。

这句话好像让李桂芳心安了不少，她抹了下泪，重新坐到了床上，有点儿像自言自语：

"这小半年，你不在，我也没跟其他男人，就是跟老刘。

"他说他做了绝育，结果我还是怀了，后来他才说，他以为自己不行了。"李桂芳摸了摸自己的肚子，"我也以为我三十多岁，也不行了，结果去找医生，医生说，很健康。

"他没得儿子，我在想，要是生个儿子，我们倒是能真的就在一起了。

"没想到真的是个儿子，就是前几天才查出来的。"

"所以，你要跟他回云南？你要嫁给他？"阿海有点儿生气。

"他是要娶我。"李桂芳又哭了起来，"但是不想要小芒。"

阿海没懂，"不想要小芒？"

"嗯。"

外面的人好像是听到了里面的对话，一直无声无息的老刘咳了两声，对干妈说，又像是在对里面的人说："小芒不是不好，小芒是乖女娃子，但是，我老家已经有三个女娃子了，三个女娃子，一个男娃都没得，我老婆就是生最后老三的时候死了，人还没死透，又被罚款，欠了一屁股的钱。这几年，我在外面，几个女娃子长大了，结婚了，我也挣了钱，家里盖了房子，但是没得男娃子，也没得老婆，在老家，也过不下去，本也不想再找老婆，但是李桂芳，人还是很好的。"

他一口气说了一大段话，又咳了两声，吐了一口痰，最后说道："但是，我已经有三个女娃子了，再带一个回去，还不是我的种，人家要笑我。"

"李桂芳，还是很好的，她愿意跟我回去，所以我们想让你帮小芒找个好的归属，不然小芒跟我回去，过两年，也就是又嫁给山里的娃儿了。"

"都是小娃娃……"老刘叹了口气。

阿海这才懂了。

他指着李桂芳，说："你不要自己的女儿了？"

"阿海，我们是朋友。"她指了指小芒，又指了指自己脸上的胎记，还指了指自己的肚子，"阿海，我已经快四十了，你不知道，没人会再娶我了。"

她叹了口气："老刘，他对我很好。"

阿海没有说话，只是看着李桂芳，他知道既然李桂芳和老刘在这里等自己，那就是干妈已经同意了，自己又有什么办法？

"小芳？"老刘在外面喊。

"来了。"李桂芳站了起来，她依依不舍地，看着床上的小芒，"小芒很乖，她不像她妈很丑，她应该有个好妈妈。对不对，阿海？"

阿海依然不知道说什么。

"小芳，我们该走了。"老刘又喊。

李桂芳走之前亲了阿海一下，还塞了五百块钱给阿海，最后跟阿海说了一句："阿海，我们是朋友。"

她没有亲女儿，也可能是亲了之后，就舍不得了。

阿海跟着李桂芳走了出来，老刘恶狠狠地瞪了阿海一眼。

走的时候，老刘找干妈拿了五千块钱，一张张数了一遍，李桂芳说了一句，要不不要了，就给小芒，老刘瞪了她一眼，说未必白给？

最后他们跟干妈鞠了个躬，猫着腰，走了。

阿海看见，老刘一直护着李桂芳，李桂芳的背影一抖一抖的，像在哭。

他就这样看着两个人渐渐走远，直到干妈对他说话："人生在世，就是这样，缘分来了聚在一起，缘分散了就各走各的，你来我往，亲人爱人朋友，都是这样。"

她找了一件外套，抱着阿海抱来的小孩儿出去了，临走前她说："今天的这个男娃子很好，我把他送走，过两天回来，你就处理下小芒吧，老刘跟李桂芳，还是希望我给小芒找个新的家，我这次也去看看。"

"好。"阿海停了一下，"小芒还是很乖巧的，找个有缘的家吧。"

船上现在就只剩下阿海和小芒了。

人海茫茫。

阿海知道这个说法，所以他一直觉得小芒和自己是有缘分的。

谁会娶李桂芳？阿海承认自己没有想过这个事，但对于小芒，他的确觉得小芒应该有更好的生活，像电视里的小公主，弹琴、唱歌、穿漂亮的裙子。

他告诉自己，小芒不跟李桂芳他们走，是一件好事。

干妈一定能给小芒找个好人家。

李桂芳之所以说那么多次"朋友"，无外乎也是想让自己这个"朋友"多多照顾小芒。

这件事，他一定要办到。

他找了一瓶啤酒，坐在外面，抽了一根烟，把酒喝完了，才下定决心再进去看看小芒。

没想到他进去就看到小芒侧躺着，身子一抖一抖的，发出很细微的哭泣声。

"你没睡？"阿海问她。

"嗯。"小芒小声地应道。

"没事，没事，你以后还是会再见到你妈妈的。"

小芒转过身，大眼睛里全是泪，眨了一下眼，泪珠子顺着长长的睫毛流了下去。她看了看阿海，眼神转到一边，叹了一口气，说："阿海，我知道我妈不要我了。"

阿海没说话，摸出烟，又点了一支，昏黄的船舱里，烟头一明一暗，小芒转过身去，又转了过来，轻轻地抓住阿海的手，闭上了眼睛。

远处传来了鸣笛的声音，呜呜咽咽。

天蒙蒙亮，阿海就带着小芒离开了砂场码头。

也不知道为什么，阿海就静静地带着小芒去了李桂芳上班的旅馆。

旅馆老板在门口，看到阿海和小芒，说："李桂芳喊你把那个箱子拿走。"

老板叹了口气，望了望小芒，却什么都没说。他把李桂芳留下的一个箱子拿了出来，递给阿海，"拿走吧，别再来了。"

阿海没想到李桂芳走得这么快，他接过箱子，走的时候小芒却不动。小芒就在旅馆门口站着，远远地看着旅馆里面的吊灯，就像是看到了李桂芳还在里面一样。

"走吧，走吧，人都是要走的。"老板又说，"你不走，我也留不得你。"

列车开动了。太阳升了起来，阳光照进车窗，落在小芒的脸上，小芒脸上的惊恐依然还在，但看上去还是很美。蓝色裙子上的蕾丝泛着光。

只是，人海茫茫，阿海还没想好，到底要带着小芒去哪儿？

小芒这才跟着阿海走了。

两个人在街边小铺子各吃了一碗面，之后阿海带小芒回了自己家。他把箱子放在客厅，进卧室把床铺拿了出来，又进去铺了新的被单，"你这几天，就睡里面。"他边说边把客厅的旧沙发拉开成一张床，"先住几天，等干妈回了，就再说其他的。"

"好。"小芒怯生生地回应道。

"你再去睡会儿吧，我也睡会儿。"阿海说，"睡一觉，就都好了。"

"好。"小芒把箱子拿进了屋子，阿海是真的累了，他躺在沙发上，脑子里却没停下来。

他想起了小时候自己的妈妈走的时候，那天早上，他就是睡在这客厅的沙发上，迷迷糊糊间听见了妈妈在叫他，他没有醒来，没能见到妈妈的最后一面。后来家里的照片也都被爸爸扔掉了，现在的阿海已经忘记了妈妈的样子，偶尔会在梦里面看到一个人的影子，就站在家门口，门外是白花花的光，那个影子冲着自己叫了一声，渐渐隐没在光芒中。

阿海抖了一下，醒了过来，他又做了那个梦。

门是关着的，暗红的油漆斑驳，靠天花板的角上，有一堆蜘蛛网。

没有光。

阿海翻身起来，他看了下时间，好像才过去了十几分钟。卧室的门开着，小芒的行李箱打开了，人可能是在床上。

他起来去看一眼，却发现没有人。箱子里的东西看上去也没怎么少，只有小芒的几件衣服，还有一个玩具熊装在塑料袋子里，不知道是买来就没拆开过，还是李桂芳给女儿最后的礼物。

"小芒？"阿海喊了一声，没回音，他又去厕所厨房看了，还打开了家里的衣柜，看了床底，一切能藏人的地方都看了，都没人。

阿海心里咯噔一声，他打开门就往楼下冲。

到楼下，还是看不到人，他正准备去旅馆看看，抬头就看到了坐在天台上的小芒。

"小芒？你在做什么？"他有点儿慌。

小芒像是没听见，眼睛看着远方。

阿海连忙三步并两步地往楼顶跑去。

楼顶不知道是谁家种了一些花，还有几棵不高、瘦弱的树，望过去，阿海看见小芒小小的背影还坐在那儿。他悄悄地走了过去，拉住了小芒的手，轻声问："你什么时候上来的？"

小芒转过来，没有回答阿海的话。

阿海陪着站了一会儿，楼顶能看到砂场码头，白天有几艘大船在那边停靠着，远处的城市也破破烂烂，没有什么朝气。

"不看了，没什么好看的，我们下去吧。"阿海说。

"你说，妈妈以后是不是就住在山里了。"小芒说，"我都没去过山里。"

阿海顿了一下，说："是吧，云南据说有很多山。"

"我以后去云南，能找到她吗？"

"能吧。"阿海叹了口气，小芒是个聪明又早熟的姑娘，他第一次见到小芒的时候，李桂芳在旅馆拖地，小芒坐在前台看老板的小电视，看的是教育频道，正在播一个科普节目，那是阿海最不喜欢看的。

所以，阿海一直觉得小芒要比自己聪明。

"小芒聪明，以后赚了大钱，就可以去接你妈妈了。"阿海也不知道自己为什么会这样说。

"我还是不去了。"小芒叹了一口气。

"为什么？"

"我知道，我妈妈不想要我。"小芒转过头来，认真地说，"刘叔叔，对妈妈很好，一个人的好是有限的，我就让刘叔叔专心对妈妈好就可以了。"

阿海一时不知道接什么话，他沉默了一会儿，又说："下去吧，没什么好看的。"

他停了一下，"我带你去看电影？"

小芒点头说好。

下楼的时候小芒看了几眼楼顶上的花，阿海就顺手搬了一盆下去。

说是看电影，其实只是去老的音像厅。离家不远的地方，有一家红酒吧音像厅，每天循环播放各种各样的盗版碟，已经没什么生意了，偶尔晚上播老三级片的时候，才会坐的人多点儿，弥漫着工人的味道和烟酒味道。

阿海带小芒进店里的时候，店里面没人，那台老旧的大彩电上播的是一部外国电影。阿海进去找老板，说换一部动画片，小芒却拦住了阿海，说就看这个。

两个人就坐了下来，阿海喊老板拿了一瓶汽水一瓶啤酒，还拿了一袋花生，两包泡椒凤爪，"你还吃什么不？"

小芒摇了摇头。

电视上放的电影是演一个小女孩，看上去也是十岁，站在自己家楼道里抽烟，被邻居看到了。阿海也点了一支烟，问老板电影的名字，老板说："这个杀手不太冷。"

"杀手哦，要流血哦，小芒不怕啊？"阿海问小芒。

小芒摇了摇头。

阿海就跟着看了下去，看完电影，他觉得还是挺好看的。小芒在一边又哭了起来。

"都是假的，假的，喊你不看，你要看，现在吓哭了吧？"阿海摸了张纸给小芒，心里面想，不管是怎么样，哭一下，可能对她也是好的。

"我知道是假的。"

"那就不哭了嘛。"

"没哭了。"

阿海看了下时间，问老板："有没的饭吃啊？你再找个动画片看，要开心的。"

"阿海，我不饿。"小芒说。

"我饿了。"

老板给两个人从隔壁叫了盒饭，然后找了个电影出来："这个小妹妹肯定喜欢看，《冰雪奇缘》，最新的动画大片。"

两个人边吃盒饭，边看动画，这个动画片，动不动还唱个歌，阿海觉得有点儿无聊，但小芒看得很开心，他也跟着笑了几声。

盒饭是鸡腿饭，小芒说自己不饿，就把鸡腿让给了阿海，阿海边看电影，边吃完了。

"好漂亮。"看到里面的女主角变了一身蓝色裙子的时候，小芒看上去最高兴，阿海觉得小芒确实长得很漂亮，比李桂芳好看得多。

看完电影，已经是下午了，阿海问小芒："你觉得好看不？"

小芒说："好看。"

阿海又问："你是不是喜欢那个蓝裙子？"

小芒点了点头。

"我看了，你好像都没得裙子。"

阿海站了起来，找老板要了装碟片的壳子，上面就有女主角穿蓝裙子的样子，"走，我带你去找人帮你做一条裙子。"

小芒兴奋地跳了起来，但马上又摇了摇头，说："还是算了吧。"

"没事。"阿海数了数手里的钱，"这是你妈的钱，我带你去做一条裙子。"

小芒点了点头，脸上又是期待，又有点儿忧伤。

阿海心里骂了自己一句，没事提李桂芳做什么？

他其实也不知道哪里有蓝裙子卖，走了两步，正好看到个裁缝店，他就带小芒走了进去："老板，来帮这个小美女做一条蓝裙子。"

老板是个老头儿，看了下阿海给的那张图，说："这个样子，我做不出来。"

"裙子都不会做，你开什么店？"阿海有点儿生气。

老头儿被吓到了，又看了看，说："我可以用一些纱布来做，尽量做得差不多。"

"哦，这才对，来，就是给她做。"阿海把小芒拉了进来。

老头儿看到小姑娘，才变得和颜悦色起来，"哎哟这个小姑娘，漂亮，穿裙子肯定更漂亮。"

"别废话，给她量一下。"

阿海说完就到门口抽烟去了，老裁缝拿出了尺子，让小芒站在了个小小台子上，给她量起了尺寸。

裁缝说要一周才能取，阿海又露出了恶狠狠的样子，老头儿很委屈地答应了三天就能做好，阿海这才高兴地带着小芒走了。

阿海骑着自己的摩托车，带着小芒闲逛，路过了火车站，阿海看小芒望着火车站的样子，就带着小芒去铁轨边走。

小芒在路边采了一些花，走了几步，又停了下来，问阿海："你说，妈妈他们是朝这边走的吗？"

"是吧。"阿海说。

"我是不是再也见不到我妈妈了？"小芒问。

"见不到了。"阿海随口回道，又补了一句，"我也从小没了妈妈，但还是长大了。"

"阿海，过一阵，我是不是也要离开你？"小芒认真地问他，"我认识你，你也是个好人，我记得你以前来找妈妈的时候，总会给我带吃的。"

"我不是好人。"阿海说。

"但我认识你。"小芒说，"妈妈说，阿海叔叔是个好人，阿海叔叔是朋友。"

阿海笑了一下，说："我不是好人。"

他望了一下铁轨的尽头，"我不是个好人，所以我会给你找个好的爸爸妈妈。"

小芒低下头，说："但是我认识你，我不认识其他人。"

她声音小了起来，问："阿海，你是人贩子吗？"

"是的。所以我说我不是好人。你肯定看过新闻，你那么聪明，但是，你妈妈还是为你好的。"

"我其实想跟我妈妈在一起。"

"我知道。"

"但是她要生弟弟，就不能有我。"

阿海没接话。

"阿海，你能不能做我爸爸？"她抬头问他，"我认识你，不认识其他人，我不想和不认识的人在一起，你对我好。"

阿海笑了，说："我不是好人，你跟我在一起有什么用？你应该有个好的爸爸妈妈，然后去读书，去学唱歌跳舞，以后长大了嫁个好男人，做个好妈妈。"

他停了一下，"你应该要过得更好。"

"但是，妈妈说你是朋友，你是好人。"

"所以我才要把你送走。"

小芒不说话了，她生气地把花扔了一地。

"人海茫茫，你认识的人太少了，所以，才会说我是朋友。"阿海说，"正因为李桂芳说我是朋友，所以我才要负责任。"

"你不能卖掉我，你要是卖掉我，我就去告你。"小芒生气了，带着哭腔。

"你敢！"阿海扬起手，又落了下来，他踢了一脚铁轨，"当"的一声。

小芒被吓到了，低下头不说话。

阿海叹了口气，说："回家吧。"

直到睡觉前，两个人都没说话，阿海在客厅看电视，抽烟，小芒把那盆阿海偷来的花摆到了阳台，剪掉了枯枝，浇了水，然后拿着抹布把家里擦了一遍。

睡觉的时候，阿海对里面的小芒说："你放心，以后我会来看你。"

小芒"嗯"了一声，过了一会儿，传来隐隐的哭声。

接下来两天，阿海带着小芒看了不少电影，两个人不谈妈妈，也不谈未来，相处得倒是很融洽。

　　第三天，阿海带着小芒去取了裙子，那条裙子其实和《冰雪奇缘》里面的裙子完全不像，只是一条简单的蓝色裙子，用纱布和蕾丝绣了边儿，但小芒穿着，也好看得很。接着阿海又给小芒买了一双小皮鞋，一个发卡，小芒蹦蹦跳跳的，看着的确像个小公主。阿海简直都可以想象她以后的幸福生活了。

　　今天干妈也回来了，他之前跟干妈通过电话，说那个小男孩卖到了山东，路上也打听了小芒的出路。

　　傍晚的时候，砂场码头停了工，那艘小船的灯亮了起来，阿海带着小芒来到了小船前。小芒不肯上去，阿海叹了口气，让她就在一旁等着他。

　　"干妈。"

　　人婆子看了一眼外面的小芒："小姑娘穿裙子，确实很好看。"

　　"干妈，你说你找到了小芒的出路？"

　　"是的，我送娃娃去山东的时候，那边正好有个光棍儿，想找老婆。"人婆子边说话，边数钱。

　　"什么？"阿海有点儿没反应过来。

　　"这五千是你的。"人婆子把钱递了过来。

　　阿海机械地接过钱，才回味过来刚才干妈说的话："你说是个光棍儿？"

　　"是的，虽然是个光棍儿，但年龄不大，就是家里偏，比较穷，不过也有个果园，小伙子也比较朴实，配小芒，也够了。"干妈说。

　　"不行。"阿海说。

　　"不行？"

　　"是不行，小芒才那么小！"

　　"过两三年就可以了。也不是现在就让她去嫁人。"

"两三年后，她还是个孩子啊。"阿海急了，"不是说好了，要给小芒找个爸妈吗？"

干妈笑了一声，说："你才是疯了，你不动下脑子，女娃子，要是只有三五岁，那还可能找到买家，都十岁多了，哪家疯了会买个这么大的女娃子？"

干妈过来把阿海手里的钱帮他塞到裤兜里，"这么大的女娃子，我能找到这个不错的人家，已经很好了。"

"可是电视上，那些领养的，大的娃娃也有啊，或者送她给国外的人。"

"那你去找政府啊，你以为我是福利院？还国外的人，我看你也是脑子不清楚得很。"干妈生气了。

"总之，不能让她这样子离开。"

"不这样子离开，还能怎样？未必你养她？"人婆子冷笑了一声。

"对啊，可以，我可以养她。"

人婆子"啪"地一下给了阿海一耳光："我看你才是疯了，你没得爹妈，我就把你当儿子一样看待，你以为我看那个李桂芳很顺眼？那个老骚货，生个娃儿也是个小骚货，你这样还带个小骚货，以后我看你怎么找老婆。"

她骂了几句，又缓和了语气："买家已经跟过来了，钱，我都收了。我们是人贩子，被抓到，是要判刑的，你不要以为自己是什么好人，也别想做个好人。"

她指了指窗外，阿海这才注意到有两个生面孔在远处工棚看着这边，穿着倒是整齐，两个男人，一个五六十岁，一个看上去也是三十多岁的样子，一旁还有一辆破旧的面包车。

"那个年轻的，你看，人还可以。"

阿海心里凉了半截。

那两个人看人婆子对他们招手，就走了过来，过来的时候打量了一番在河边的小芒，进船舱的时候，满脸笑。

"就是门口的女娃子，你们可看到了？"

"可以，可以。"两个男人笑着，"明天可以回去不？"

人婆子说："你们觉得没问题，那就可以。"

阿海要说什么，但被人婆子拦下了，他长叹了一口气。

"小女娃子现在住我干儿子家，你们明天早上过去取人，剩下的钱，你就给我干儿子。"

阿海没有接两个男人递过来的烟，离开了船舱，他出来就拉着小芒，往家里走。

"我这个干儿子，脑子有点儿不清楚，你们去跟着，总之明早就把人带走吧，我明早也会过来。"人婆子说。

"好，好。谢谢阿姨，谢谢阿姨！"

"跟你们说俊俏，你们还不信，刚开眼了吧？"

"是，是。"

阿海五味杂陈地带着小芒回了家，路上他脑子里空空的。

回到家，小芒跟阿海说："阿海，谢谢你，今天的裙子还有鞋子，都很好看。"

阿海看着她，心里面一阵痛，他刚想说点儿什么，楼下传来了刹车的声音，他探头去看了一眼，发现是那辆面包车。

"阿海，我明天是要走了吗？"小芒问，"那两个男人，其中一个是我未来的爸爸吗？"

小芒问着就哭了起来，"阿海，我能不走吗？"

她跑过来抱着阿海，"我不认识他们，我只认识你。"

阿海张了张嘴，没说话，自己走到了阳台抽烟，烟圈吐到那一株抱下来的花上，一圈又一圈。

小芒哭了一会儿，看阿海没理会自己，也就躲进了房间。

夜深了，阿海抽光了一包烟，他悄悄看了眼，自己门前坐着那个年轻的男人，靠在走廊上睡着了。

他来回走了好几圈，开始把自己家里的所有钱都翻了出来，加上今天的五千，有差不多一万块。他把钱贴身放好，下定了决心，来到阳台打电话定了两张明天早上五点多的火车票。

三点半的时候，他悄悄地把小芒叫醒了。

"小芒，你愿意跟我走吗？"

"嗯？"

"你现在想嫁人吗？"他又问。

"不。"小芒猛地明白了一点儿什么，她作势要哭，被阿海捂住了嘴巴。

"我们，悄悄地走，好不好？"

小芒点了点头。

她要带箱子，被阿海阻止了，但最后还是带上了那只玩具熊。

两个人悄悄地打开门，小心地出去，下楼，快到一楼的时候，突然听到楼上那男人喊了一声："你们去哪儿？"

阿海抱着小芒开始狂奔起来。

那男人哐哐两声也跑下楼，喊着："叔，快醒醒，我的媳妇！"

阿海这时已经带着小芒到了车库找自己的摩托车，面包车上的老男人好像睡死了没反应，这边男人哇哇叫着冲上来抱着阿海，阿海一拳把男人甩开，男人不知道从哪儿摸了一把刀，又扑了上来，阿海用车锁挡了一下，把那男人推倒在地，小芒躲在一边，把摩托车推上了路。

阿海和男人你来我往打了两下，捡了一块石头把男人一下子打倒在地，撞倒了一片摩托车，报警器响成一片。

"哎哟，你要打死我！叔！叔！你倒是醒来啊！"

那边面包车上的人终于醒了，也哇哇叫着冲了过来。

阿海趁此机会翻身上摩托带着小芒上了路。

两个男人也上了面包车，开始追。

路上小芒紧紧地抱着阿海，凌晨的风刺骨，小芒呜呜地哭了起来。

"别哭，我们马上到火车站，就好了。"

阿海专找小路，毕竟那两个男人是外地的，一时根本追不上来。

到火车站的时候，是四点半，他匆忙抱着小芒去取票，然后检查身份证进站，进去之后没多久，听见门口有吵嚷声，那两个男人因为没票被挡在了外面。

这边开始检票了，阿海知道自己这次也成功了。

他记得以前有一次，抱了别人的小孩儿，进站后，小孩儿的父母因为没票被挡在外面，他差一点儿就被抓住。

只不过这一次，他是要防止别人带走小孩儿。

小芒寸步不离地跟着阿海，终于坐上了火车。阿海对小芒笑了笑，说："这下，我们就在一起了。"

小芒紧紧地贴着阿海，没有说话。

这时，阿海才发现自己的大腿隐隐作痛。

他穿了一条深色的牛仔裤，自己被那男人的刀划了一道口子，流了一点儿血，竟是一点儿都看不出来。

还好，伤口不深，流出来的血已经凝固了，蹭了一点儿在小芒抱着的熊上，阿海检查了一下，钱包也还在。

他深吸了一口气。

列车开动了，太阳升了起来，阳光照进车窗，落在小芒的脸上，小芒脸上的惊恐依然还在，但看上去还是很美，蓝色裙子上的蕾丝泛着光。

只是，人海茫茫，阿海还没想好，到底要带着小芒去哪儿？

"阿海。"

"嗯？"

"谢谢你。"

小芒把头靠在了阿海的肩膀上，他们就是彼此的世界。

交友软件

Word文字 · 张先生

张先生
——
微博@张什么坏
作家

平安夜里，小美蹲坐在寝室书桌的椅子上，百无聊赖地刷网页。

一如既往——网页和小美都是。网上还是些乌七八糟的东西，谁谁劈腿啦，谁谁怀孕啦，谁谁露点啦，谁谁复合啦，偶尔弹出一两个广告，钻出一个浓妆艳抹的女人，挺着快要冲破荧幕的高耸乳房，搔首弄姿，娇喘连连，旁边还端着一行字：寂寞少妇芳心，问谁能来抚慰。

小美很想把这行字摘下来，放自个儿头上顶着。

如网页般，小美今晚也是一如既往—— 一如既往地孤独。

小美对男朋友没什么兴趣，这种东西有了也是麻烦。你得陪着吃，陪着喝，温柔相向，好言劝慰，必要时还得扒光了衣服献身——太麻烦了，她是个怕麻烦的人。小美只想交个朋友，无聊的时候能陪着说两句，换季的时候能一起上街买件衣服，节庆里一块儿吃顿饭，碰碰杯，吐吐槽，平日里则相安无事，互不打扰。招之即来，挥之即去，比养猫狗还随性，多美妙。

唉，当然不能是室友那德行的人。小美在心头冷笑一声，喝了口茶，把音响调到最大，里头正播着某韩国男团的新歌，节奏分明，震耳欲聋。

今晚不用担心室友跑来抗议，她跟男朋友开房去了——成天恨不得跟她男朋友粘成对儿连体婴，大多女生就这点儿本事。

小美没什么朋友，她眼光挑着呢，女孩要独立自主，要察言观色，要温柔婉转，要包容谦逊，最好，还能有些深度内涵——最最重要的，不能有了对象，就忘了闺密。

唉，社会哪，人哪——小美无奈地打了个呵欠，又顺势叹了口气——世道太浮躁啦，交个朋友都这样难。

小美的择友标准如此高，也难怪身边一直没有朋友了。

她瞪着电脑屏幕，直看得眼睛发酸；想着认识的人现今都在外头寻欢作乐，连带着心头也有点儿发酸。刚想关上电脑，钻进被窝里一梦解千愁时，那玩意儿像通了灵似的，做最后挣扎，咚地一下弹出个硕大的广告，几乎占据了整个屏幕，还伴随着炸雷般的声效，仿佛肥猪在屠刀下的最后哀号。

小美的心咯噔一下炸响，往椅背上猛地一靠，差点儿跌倒。等元神归位后定睛一瞅，只看到一排粉红色的大字——

扫二维码下载 app，蔷薇交友助你找到最亲闺密。

下头还附着一行小字："仅属于女孩子的秘密花园。"

小美脸上露出标志性的冷笑：最亲闺密？秘密花园？估计又是什么新的骗钱网站。她正如此想着，电脑却善解人意地显出一行注解：

app 试运行中，完全免费。

啥玩意儿啊——小美皱着眉头瞪着那广告，该不会是啥病毒网页吧？虽然心头如此想着，她手一抖，还是点下了链接，掏出手机，对着屏幕轻轻扫了两下——

请输入您的手机号码以注册登录。

反正闲着也是闲着，有啥不对劲儿的马上关掉就是了。

请选择您想要的朋友类型。

小美看着屏幕上的选项，略微想了想，还是选了个开朗型——平时自己就活像个闷嘴葫芦，再选个内向的，岂不得大眼瞪小眼，相对无言到地老天荒？

按下确定——屏幕上瞬间弹出了十几个头像，小美一个个看过去——这个妆太浓了，不行；这个鼻子太扁了，不行；这个柔柔弱弱的，一看就是绿茶婊，不行……直到十几个人都被她删得差不多了，才选到个相对顺眼的，嗯，那么就是她吧——

　　　您选择网友"小绿"成为闺密吗？

是。

　　　此次选择后，本轮筛选中的其他网友将被消去，不再出现在您的浏览记录中。注意，此操作不可逆转，如确定，请选"是"。

是是是，烦死了——不就几个网友吗，消不消去有什么打紧。

　　　您已经与"小绿"成为闺密。"小绿"感谢您选择她成为闺密。您今天的闺密配额已用尽，请明天再登陆蔷薇交友，谢谢！

呵呵——果然是个骗子app——网上交个闺密谁不会啊，要做也做得像样点儿成不？起码让我跟她打几行字，交流个三两句吧。这样点两下就叫闺密啦？这年头闺密还真不值钱呢。

小美快快地关上电脑，钻进被窝里头睡了。她虽睡得早，夜里却睡得不踏实，第二天上班时也昏昏沉沉的，奇妙的是，一临下班，精气神儿就全回来了。不独小美，那些瘫坐在椅子上、出气儿比进气儿多的同事，也一下通了电似的活过来，开始争先恐后地往外冲——回去给孩子煮饭的，同老公温存的，找朋友聚餐的……唯独小美无所事事，也约不到人，宁愿在办公室里翻翻杂志，上上网，多磨蹭一会儿，免得回去对着那雪洞一样的屋子，徒生凄凉。

正在这时，小美的手机忽地尖叫起来——她吓了一跳。大多时候，这部手机更像个摆设，没有电话，没有微信。小美平时捧着它，手里比画个不停，只是为掩饰自己没有朋友这一尴尬事实。这手机会响起来真可算件怪事，连房产中介和诈骗短信也一向是忽略她的。

"喂喂？"小美按下接听键，没有作声，似乎已经忘了该怎么通电话，手机那头只传来一个陌生的女声——

"喂喂，是小美吗？你怎么不作声呀，说句话呀。"电话那头的女孩说话又快又急，一波又一波席卷而来的声浪，像出栏野马一样，踩踏着小美一对被安静呵护得极其柔嫩的耳膜，"你是不是出啥事儿啦？电话丢啦？咱们不是约好六点半吗？怎么一点儿动静没有呀？喂喂？吱个声儿呀你倒是，亲爱的——你再不说话我可要报警啦——"

"你是谁？"小美好不容易缓过神儿来，从喉咙里头挤出这么一句话。

"哈？"那头的女声似笑非笑地回道，"我是谁？亲爱的，你开什么玩笑——"

"我说，你打错了——"小美不耐烦地说，"我要挂了——"

"亲爱的——我是小绿呀！我是小绿！"女声提高了好几个声调，高得像指甲从玻璃上划过似的，"你的好闺密呀！"

闺密？这俩字的负荷过重，小美的脑神经突然被压断了好几根，一时竟回不过神儿来："闺……密？"

"对啊。你装什么傻呀——咱们都认识好几年了，你看，我可连你的手机号都知道哦，不是吗？"

"我不……"小美正想严词拒绝，脑子里却忽地闪过一道亮光——小绿，小绿，不是昨晚在那劳什子交友 app 上选的闺密吗？

"你是小绿？"

"是啊，"女声半是嗔怪半是松气地说，"总算想起来了？真是，不知道你今天吃错什么了！"

"我们……"小美将信将疑，"约了今晚见面？"

"可不嘛！"小绿迅速接过话头，"昨天咱们就约好了呀，下班后一块儿吃个饭，聊聊天。你倒好呢，明明说定六点半，现在可都将七点了，你还不来。这家餐厅可难等位啦，我足等了个把钟头呢——现在可快点儿吧！人家一个人老无聊了。"

"我……"小美一时竟不知该回什么好，"你在哪儿？"

"你看你这记性呀——我把地址发给你？你可快点儿过来吧！别让我等太久哦！"

小美刚挂电话，一条短信便迫不及待地钻了进来，打开一看，赫然写着××餐厅的地址和桌号。她脑袋有点儿晕，发烧似的：有人约我了？还是我的闺密？

闺密？

小美脚下似踩着棉花，整个人都轻飘飘的，梦游一般地摸索到餐厅，在服务员的带领下找到桌子坐下。对面的姑娘剪着短发，长着一张圆润的脸，刚一看到小美，就忙不迭地挤出一个巨大的笑容，直挤得一张圆脸上四处飞起横肉。

我不认识她——

"你可来了！"圆脸姑娘笑着，"发什么愣，赶紧坐下。冻慌了吧？外头可冷着哩。来，菜单——还没点菜呢，你看看自个儿爱吃啥！"

"你是——"小美微微张嘴，脸上写满了疑惑，只直直看着面前这陌生姑娘——她长得不美，可是眉眼很媚，她的眉眼像生了腿，会在脸上乱跑似的。

"又跟人家开玩笑了，"姑娘嘴上埋怨，笑意却运送到了脚尖儿，全身软得像刚发青的春柳，"我是小绿，小绿呀。"

果然是昨晚的小绿？小美终于缓过点儿神儿来，僵硬地冲小绿笑了笑，这笑像溅到干柴堆上的火星，一下将小绿整个人燃了起来。她一会儿拉着小美嘘寒问暖，一会儿又大声催着服务员上菜，一会儿又对餐厅的菜色装饰品头论足，一会儿又讽刺起邻桌妇人的打扮来，她是那么的八面玲珑，仿佛沙龙女主人，面前坐了十七八个献殷勤的绅士般，必使出浑身解数，才不致冷落了任何一个。

"怎么了，小美？"小绿伸出手，在看得呆滞的小美脸前晃了晃，"你不觉得好笑吗？"

"啊，啊？"小美的魂儿早被小绿的口若悬河拉出天外，这时才回了一半儿，"你刚刚说什么来着？"

"说我相亲的故事呀，那个极品男……"

小美心底涌起一丝腻歪，女孩子就是这么叽叽喳喳，多嘴多舌，难怪她不易交到朋友，只怨她们太聒噪了。小美拿起提包，嘴里嘟囔着："咱们走吧，天色不早了，我不想太晚回家。"

回家路上，任小绿如何手舞足蹈惹她开心，她始终不发一语。一回寝室，便打开电脑，看着荧幕发出淡淡的白光，小美脸上才露出一丝欣慰的笑。

什么嘛，女孩子的友情也不过如此，吃吃喝喝加一堆废话——她打开蔷薇交友 app——但这玩意儿真是太神奇了，手指一点，天上就真能掉下来个对自个儿贴心贴肺的闺密，像这个小绿——

她点开了小绿的头像。

您可以选择"保留"或"删除"与小绿的友情。

删，当然删。这姑娘不行，舌头太长，废话过多，像自己这么安静的，约莫还得跟文静姑娘待一块儿才舒服——

您确定删除与小绿的友情吗？请注意，此操作不可逆转。

不可逆转？看到这四个字眼，小美捏着手机的手微微抖了下，想了想。唉，其实也没什么大不了，就一个见过一次的姑娘嘛，不投缘就是不投缘，也没什么可惜的。

请选择您想要的朋友类型。

删掉小绿后，屏幕上头又出现了那行熟悉的字——文静，这次要找个文静的，嗯，对，要网上那种文艺范儿的姑娘，两人各捧一本书，窝在咖啡馆的角落里头读，时不时地聊上两句。小美光在心头想想，便已乐开了花。

您选择与网友"小雪"成为朋友吗？

屏幕里弹出张半身照，一个长条脸的姑娘，以一副寡淡的表情对着小美，齐肩黑发，金丝眼镜，皮肤颇白，只是不新鲜，白得像臭豆腐上长出的那层绒毛。

从点下"确认"键开始，小美就一直死盯着手机屏幕，仿佛上头会开出朵花来。她从晚上瞪到早上，又从上午瞪到下午，直瞪得眼睛发花，手机却仍稳若泰山，丝毫没有发作的迹象。小美心头又涌出一丝悔意，唉，果真是巧合么，早知如此，就该保留和小绿的友情，虽然她聒噪了些，怎么也比没朋友来得强啊……

小美正懊悔着，手机微微一颤，一条短信飘然而至，她慌忙一把抓起，火急火燎地点开，上头只写着：小美，我是小雪。下班后，×× 咖啡馆见，嗯?

果真——小美僵了大半天的脸融化开来，app 不是骗人的呀，果真能交到朋友!

好的，我下班后便去! 小美赶忙回道。于是直到下班，小雪再没回她一条短信。小美不说什么，心头却有点儿失望，文静是文静，可话未免也太少了些，尤其和小绿昨天的热情如火比起来。

这骨子失望在见到小雪后达到极致。那间咖啡馆藏在一条七扭八拐的胡同里头，小美花了整整一个钟头才把它给揪出来——对"朋友"选这样一个陌生的地儿，她已是怒火中烧了，小雪的表现更是火上浇油。她就那么安静地窝在沙发里头，捧着一本书，时不时扶扶鼻梁上的眼镜，除招呼及下单外，始终不肯多讲一句话，试图用眼神和手势同小美交流。偏偏她的动作又笨拙得很，与她交流像看一出慢动作电影，时间都被她一举手一投足给胶住了。一大片无话可说的空白，像白漫漫一汪水，直向对座的小美迎上来，望着发慌却又无可奈何。

小美气急败坏地回到家，想起鲁迅的一句话：沉默是最大的蔑视。小美觉得受了颇大的侮辱，紧赶慢赶点开app，把小雪给删掉了，页面上弹出一句话：

恭喜您升级了！您的闺密配额已达到三名，是否一次添加三名好友？

那倒正好，太热情了兜不住，太文雅了又谈不拢，不如一次多加两名，相互中和一下，岂不妙哉？

第二天下班刚走出写字楼，小美便被三个体态各异、妍媸有别的女孩子给围住了。三个姑娘见了小美，欢喜得像遇见了久别的情人，亲热得像狗迎接回家的主人，活泼得跟通电了似的。每问句话，三人殷勤抢答，小美不得不挥手示意："一个一个来。"

三人拉着小美去逛街，一间店铺一间店铺地扫荡过去。无论小美试了什么衣裳，喷了什么香水，涂了什么唇彩，她们都一个劲儿地称赞，小美一张脸给闺密们恭维得像西边将落下去的太阳。她带着脸上一抹潮红回到家，心头仍久久不能平静，原来这就是有闺密的滋味呀，有朋友真是太好了。她火急火燎地登录app，惊喜地发现自个儿的朋友配额又增添了，如今可以一口气加五个闺密——多了好，多了好，多多益善，小美笑得几乎连眼都眯了起来，忙不迭地又给自个儿添了五名闺密。

小美很享受那种众星捧月的感觉——之前从未体验过的感觉。女孩子的友谊建立在赞美和吹捧之上，她的闺密们将这套路玩得滚瓜烂熟，让小美如沐春风，觉得自己是天底下第一得意的人。做小美朋友是不易的，这也解释了为何她在人生前二十多年交不到一个朋友。小美的朋友与其说是种身份，不如说是种职业，需要极高的专业素质，及全情投入的热心。她是女孩，而女孩都是易翻脸的，闺密们需要人人让她三分——并非十分减去七分后的三分，而是"魏吴蜀三分天下"里头的三分。

"干杯！"十几个玻璃杯乒乒乓乓地撞在一起，发出清脆的声响，随即是一连串女孩子们叽叽喳喳的说笑——小美和小美的闺密们。如今她的闺密团越发壮大，以至聚餐时普通圆桌都挤不下了，不得不换了个长条桌。隔得远的闺密拼命拉长了手和腰，想和坐在正中的小美碰杯，她们如此用力，连脸上的笑都显得面目狰狞。

小美如今已习惯了闺密们的讨好吹捧，只是挂着浅笑，轻轻地向她们举杯示意，算是尽了礼数。动作姿势都如此纯熟淡然，像犒劳朝臣的西太后——她一点儿都不感激这些闺密，她感激的是蔷薇交友网，它让她拥有了一切。两杯酒下肚后，小美不禁飘飘然起来，脱口问道：

"你们听过蔷薇交友这个 app 吗？"

不知怎的，这句话像块巨大的海绵，瞬间把一整桌的欢声笑语全吸了个干净，席间似连空气都滞固了——坐得最远那姑娘，此刻还拉长了腰手，举杯顿在半空里头呢，小美一句话像遥控器上的暂停键，一按就把她定那儿了。估摸是腰部着力不够，那姑娘打了个趔趄，手一抖，杯子一翻，里头盛着的啤酒溅了小美一身——

"啊！"席间顿时发出了凄厉的尖叫，并不是小美的声音，闺密们比她本人还惊恐，那架势真像是弄折了西太后的小拇指指甲。"对不起对不起。"冒失姑娘小佟吓得都快哭出声了，急忙掏出纸巾冲到小美身旁，使劲儿地给她擦起来。

"小佟你干吗啊，做啥都这么冒冒失失的！"

"对啊，啤酒渍可难洗掉了，小美的裙子这么好看，我瞅着都心疼！"

"小美你没事吧？要不要换下来让我去洗？"

小美并不太动气，啤酒洒在衣服上不是什么值得大呼小叫的事情。可闺密们左一句右一句地怂恿，倒让她觉得不动气反而不太合适了。她再看看小佟，急得眼睛眉头皱到了一块儿，额头上渗出细密的汗珠——小美看得更烦了，只觉得这个朋友一点儿也不优雅，混在身边这群横眉冷对的女孩子中间，尤为格格不入，心头涌起一阵腻歪。

因为小美的冷淡，当天的聚会最后草草收场。

小美回到家里，总觉得不是滋味，好像空气中陡然长出了细刺儿似的，扎得她周身不舒服。前几天还怎么瞅怎么可爱的闺密们，似乎也变得不那么讨人喜欢了。都是闺密的错，她有点儿生闷气，对，都是闺密的错，她们太吵了，叽叽喳喳的，跟群麻雀似的，搅得她脑仁儿疼，这时她眼睛一低，看到裙子上那块似有似无的啤酒渍——

小佟那姑娘真烦，小美鼓起了腮帮子，这裙子很贵的。

她点开 app，拉出小佟的页面，把她给删掉了——朋友太多了，删掉两三个也好。前段时间贪好玩，一口气加了不少朋友，但时间久了，小美渐渐习惯了大家的热情、友好与恭维，对其中几个马屁拍得不那么娴熟的，开始打心底冒出怨言来。对，怨言，比如这个小佟，笨手笨脚，冒冒失失，连个酒杯都端不稳，要这种朋友有什么用——还有这个，这个小刘，每次见自己都跟嗑了药一样，上来就搂搂抱抱，搞什么呢，还真当狗见了主子呀，恶心得很——说到恶心，小美脑子里闪过小花晚上的吃相，吧唧嘴，还打嗝，猪猡似的，就没见过这饿鬼样的女生……小美越想越气，恨不能一口气把她们全给删了。女孩子在寻仇方面，总有特殊的天赋，能将对方的一个眼神，渲染为不共戴天的杀父夺子之恨。

于是小美安静了一阵——女孩子的友情不过如此，吃吃喝喝，外加一堆废话，她自觉如今也见过世面，可以看破红尘，当世外高人了。可没过几天，竟情不自禁地怀念起吃吃喝喝，及讲废话的日子来。她首先想到的就是分外热情的小刘，每次见了面就恨不得扑上来的小刘。于是掏出手机，想发条短信约个局——联络簿来回翻看了三次，怎么也找不到小刘的微信和手机号。

这是怎么了？小美纳闷儿，难道前几天自个儿一怒，把小刘整个清空了？没关系，问问小佟，她依稀记得这俩要好，应该能从小佟那儿要回小刘的电话，但——小佟的联络方式竟也蒸发了似的，从自个儿手机上消失得无影无踪。没道理，没道理，小美有点儿犯晕，再想起小花，对，吧唧嘴的小花，她越是失态，越衬出自己的仪态万千，风度不凡来，最适合无聊时的消遣——没有。

小美从 app 上删掉的闺密，同时在手机联络簿里也被抹得一干二净，好似自动同步功能一样。小美既有点儿发慌，也有点儿发怵——这 app 有些她不知道的功能。她想起上次在席间，自己无意中提起过：

你们听说过蔷薇交友这个 app 吗？

然后大家像约定好似的一齐沉默，直到小佟打翻了那杯啤酒。

小美迫不及待地给每个闺密发出短信，要她们火速赶来见面。不到一个钟头，所有人火急火燎地从这座大城市的四面八方赶了过来，连平时最爱美的那个姑娘都来不及涂睫毛膏。

"小佟呢？"有姑娘小声问道。

"小刘也没来？"

听到两人的名字，小美迅速抬起眼睛，看了看神色匆忙的闺密们。闺密们似乎明白了什么，赶紧低下头，像使坏被老师逮住的小学生。

"你们知道她们去哪儿了，对不对？"小美这么问着，姑娘们却将头埋得更低了——这情景很像新闻上播出的扫黄打非现场。

"你们这是干吗呀——"小美伸手抓住一个姑娘的肩膀，"倒是说句话呀，究竟发生了什么事——你们知道那个app的，对吧——"

"别这样，小美，"那姑娘拍了拍小美的手背，拼命挤出一个微笑，由于过于用力，面部肌肉差点儿被挤成碎片，轻轻一吹便会落下来，"今儿个你特别古怪，尽说些咱们不懂的话……"

"你们才古怪——"小美猛地甩开她搭上来的手，"你们一个个别低着头，有话只管抬起头来讲——看看你们这副鬼样子，还把我当朋友吗？平时倒装得很热情，真有事问你们就开始装聋作哑了？戏弄我是吗？不把我当朋友是吗——好，好，好得很——"

小美颇有点儿气急败坏的样子，她抖着手，点开屏幕上蔷薇交友的图标，一口气把里头的闺密清了个干干净净——

"我稀罕个屁啊，删了你们，大不了重加新的就是了，闺密这东西，闺密这东西——"

小美只自顾自地说气话，平时把她当慈禧一样围着的闺密们，这时竟没一个人站出来安慰她一句。她猛地抬头一看，却只看到自己眼前空荡荡的一片，刚才还紧靠她坐着的闺密们，全跟一阵轻烟似的，钻进了空气里头，随风散了。

小美揉了揉眼睛，以为自己产生了幻觉——直到她把一双眼给揉红了，她才确信，她所看到的不是幻觉，她的闺密，真的就在她眼前，就在那一刹那间，全部消失得干干净净。小美脸色开始发白，脊背涌起一阵一阵的寒意，连上下唇齿都忍不住抖了起来。她战战兢兢地翻开手机——联络簿里只剩下几个亲戚和同事的电话，正像她下载蔷薇交友之前的情形一样，这些日子出现在她身旁的闺密，小绿、小雪、小佟、小刘、小花……连人带名，全部荡然无存。

消失了，小美空白一片的脑子里映出这句话，她们消失了。

小美在椅子上呆坐了好几分钟，直到手机突然震了一下，她才如梦初醒，以为哪个漏网的闺密想起她来了。小美像抓住了沼泽里的一根稻草，眼里闪出希望的火花，慌忙拿起手机一看，是蔷薇交友弹出的一条信息——

对不起，您的全部闺密配额已用尽。从此以后，您无法选取他人成为闺密，您将成为新注册用户的闺密候选。

等等——小美皱了皱眉头——我将成为别人的……闺密？

小美眼里的火花渐渐黯淡下去，成为别人的闺密意味着什么，她自己相当清楚。那火花已从希望变成了绝望。我会被别人删掉吗？

连带着自己也从这个世界消失吗？

用户小王已将您添加为闺密，请点击查看。

小美的手机又震了一下——

用户小王已将您添加为闺密。

他们的
朋友

图片 Picture / 文字 Word · 徐松

1

她们都说自己是性格内向的人，在一个内向不吃香的大学度过了默默无名的学生时代。毕业后却都开了窍似的，每聚一次就疯一次。这一次派对的主题是《民国爱演姐妹花》。

2

他们是热衷用心理学解决现实问题的网友，每周都抽一个下午聚会。聚会有组织有规则，也有沉重和温暖。尽管所有的交往只通过倾谈发生，但每个周末的这个下午，早已是他们的某种寄托；尽管他们的生活之间没有实质的交际，但彼此早已是不可替代的朋友。

3

线线、猴子和富贵都在互联网企业上班，工作压力大或者受了挫就约出来"疗伤"。"疗伤"的方式无非是吐苦水聊八卦，更多时候，是靠在一起默默刷手机。

4

小雨在家里憋着策划案，急得团团转；大狗想出去遛遛，急得汪汪叫。小雨披上遛狗专用的军大衣，大狗就 high 了，小雨笑狗太傻看见军大衣就以为要出去玩了。小雨不记得玩过多少次这个憋大狗的游戏，也不记得完成过多少个憋不出来的案子。"我也不知道是它更依赖我，还是我更依赖它。"

5

小男孩和小女孩发现了草丛里一只受伤的麻雀。城市里长大的他们，拨开草丛，进入了一方小小的神秘花园，怀着同样的好奇，一起探索这个未知的世界。

徐松

摄影师

互联网新闻图片编辑

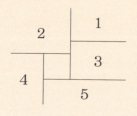

2	1
	3
4	
	5

彼此的
安慰

Word 文字 · 卢思浩

Picture 图片 · 杨杨

卢思浩
————
作家
代表作《愿有人陪你颠沛流离》
微博 @ 卢思浩 Kevin

（一）

跟包子通了很长时间的电话，挂电话前这厮的最后一句是："电话费肯定超贵，卢思浩，别人都是舍命陪君子，我可是舍钱哪！"彼时我在堪培拉，他在苏州，我们之间隔着太平洋。

随后，果不其然，他停机了。

其实有时候特别感谢万能的科技，它让我们离家，却又让我还能跟朋友保持联系。不管我们相隔多远，总还能保持联系。但有时候我又特别讨厌类似于电话或者微信之类的东西，它仿佛无时无刻不在提醒我，我和朋友之间的距离太远。

我们都过了可以想出门聚会就随时出门的年纪，现实是我们分散各地。

那时候我刚开始忙碌起来，每天忙着跑这儿跑那儿，连刷朋友圈的时间都没有。跟很多好朋友好久没见，跟很多人断了联系。后来几个朋友小型聚会，还会提起以前圈子里一起玩的小伙伴，但好像谁都跟他断了联系。

我们都在面临分道扬镳。

只是那天挂完电话的我突然发觉，我是一个极度不喜欢打电话的人，除非有急事，一般聊天都打字。能和我打这么久电话扯淡聊家常的人，好像也只有他了。

那一瞬间我明白，这是一个愿意听我讲话而我也愿意听他讲话的朋友。

哪怕我们聊的都是废话。

（二）

捏捏是我一众小伙伴里年纪最大的，令人发指的是明明三十岁的人了，还硬要让我们叫他捏捏。他管包子叫包包，管我叫浩浩。

当我第一次听到他叫我浩浩的时候，我很有种一巴掌拍死他的冲动。

那些年和他一起毕业的同学，只有他还留在南京。有天他无意间提起身边朋友要么混得很好，要么就是有所妥协，只有他还傻不拉几地留在南京，四处写稿想着出自己的第二本书。

他的第一本书尤为失败，那是他积累了三年的东西，却被批得一塌糊涂。

那阵子我觉得他可能就会放弃了，可是他说自己要在这里待着，继续写书。

某天晚上我们聚会，聚会就喝酒，喝酒他就话多。

那时他的书稿又被否了，他喝多了会大舌头，边喝边大骂："我去他大大大大爷，老子子子不写了！放放放弃了！"

第二天他起床又开始边抽烟边写，怎么看也不像要放弃的样子。

很多时候我会觉得，梦想这东西，和厄运一个样。

这阵子我开始怀疑我和我室友到底是不是生活在一个时区，因为每次我睡时他还没回来，我醒了准备出门他还在睡觉。我睡觉时间本就晚，时不时就能熬到天亮。

换句话说这货常在学校待到早上才回来。

有时我和老林会劝他，不要把自己的生命透支在这里，何必这么累。

但后来发现，这就像劝一个熬夜很多年的人不要再熬夜一样无力。

有天我早上有课就一夜没睡，难得遇到他回家，两人买了早饭在客厅边吃边聊。

我说："吃早饭就是感觉健康，哈哈哈哈。"

他白了我一眼："哦呵呵呵，别人是早起吃早饭，你他妈的是没睡吃早饭，能比吗？"

我心想，我擦，他说的好有道理，我竟然无言以对。

然后他说："我们都不是被上天挑中的人啦，又不能保证自己天赋异禀啦，偏偏又贪心想要按照自己的方式活着啦，那就只能努力啦。"

我说："说的有道理，但你能不能不要每句话带个'啦'。"

他说："没关系啦，人生活啦，最重要的就是开心啦。"

我心里一句我擦，终于忍住了掀桌子的冲动。

（三）

这两个是我的挚友，当然还有老陈和芋头。我们不常聚会，这跟我小时候向往的友情截然不同，但我们却都能时常聊起天来。

有时我们会互相吐槽又互相鼓励，有时我们会毫无意义地谈天说地。

很多人都对朋友有着自己的定义，而我的却是：朋友是你们在这个惜时如金的社会里愿意花时间互相打趣的人，不管这样的聊天在别人看来有没有意义。

朋友是那些你和他们聚在一起，就会很开心的人。

我知道有些朋友和我早已分道扬镳，哪怕给我一个时光机，时间依旧会走向同一个结局。所以在不能联系的日子里也不常想起，偶尔想起时只愿你一切都好。

而另外一些朋友倔强地留了下来，那就是我们的挚友。

总有那么些日子，你推掉不相干的事，去接你的好友。你吐槽他怎么才来，然后还是会帮他拎箱子。总有那么些天，你会不管风雨，去约好的城市见面，担心许久不见是否会有隔阂，见面了才发现自己的想法是那么多余。虽然彼此生活已经不同，但还是能感到力量。友情就是这样，不管相隔多远，你们都是彼此的安慰。

你们是彼此的安慰。

信

Word 文字 · 艮木

艮木 ——

写作者 摄影师

当汤勺顺转到我的直角向左方向时，我突然想起你。

虽然已很多年没再见到你，却还能细想出种种，包括你那吃饭前的怪癖，哪怕我一直坚持碗不放在离桌两手指的地方也是很安全的，可最后还是依着你这样做了很多年，包括吃饭的姿态，放碟的声音大小控制。

你消失后的第五年，我便买了一部车，不好不坏，能出点儿小远门，一个人在车里时，就放着你路上最爱哼的Blur的歌。我没有在你离开后，变得很有钱，我花去了曾经所有的积蓄才买下车。或许还是多了一点点，但每天感觉很累，也不知道是不是领带打得太紧，呼吸有点儿困难，像一个人偶一样被不认识的人牵来牵去。过去你总是嘲笑我穿小孩子的衣服，后面耷拉着帽子，像一个文艺片里面伪装成人类的小丑猴。我也只是笑笑，因为我知道你是喜欢的，不然我们也不会那样开心地在一起。

斑马线的意义在我拥有车后，便消失了。记得你曾在市中心说，你要踩在斑马线上一直走回家，最后我还是背你回了家，虽然你抱怨道路工人偷懒，但谁又没有偷懒的时候，何况也没有一条斑马线是会安安稳稳地平躺在你的面前，一直带你回家。但看你在我背上偷笑的样子，我想，穿着黑白条纹衣，也能当移动的斑马线，这样走回家也罢了。

现在我，踩不到斑马线上，却能在二十分钟左右就回到9楼的家。放在门外的小毛毯还是那条斑马纹毯，那是你曾经胜利的标记，信守自己诺言的证据。可现在你在哪里，还在地球某个城市里，继续无聊地压着斑马线么？我在户外一点儿也不注意斑马线了，就这样把你在我的大脑里，留在了最深处，通向那条路上斑马线的路口永远在我前方亮着红灯。如果有一天我在斑马线上再次遇到偏执的你，我想我一定在做梦。地球那么大，就算是圆形的，我也不可能走到自己的背后。虽然转个身便是刚才的背后，可背后永远还在，只能闭着眼回首。

我闭着眼的时候，你总会用手指戳我的左眼的泪痣，嘲笑我长了一粒小女人红颜薄命的多愁善感痣。可我只是想起你的时候，才会在眼周围画出只有两条线的斑马线，而且只在半夜，也只是因为那时候，我幻想你能看着那条斑马线，沿着它，走回来。

去年夏天，我养了一只性格毛毛躁躁的雪纳瑞，叫它小白，很普通，很普通的名字，我想你知道了，一定会抱着它愤怒地说："想象力贫乏的人总是只有这几个词汇来精神虐待自己的宠物！"其实只是去年过生日的时候，你托朋友送给我的 DVD，我看完了，一个人半夜睡不着的时候看了，里面过街迷迷糊糊的小白不是和你很像吗？所以我用这个普通的名字来总结一个人的记忆，然后将它实物化，你知道，我不是魔术师，我也不是哆啦 A 梦，所以我只有用我那可怜的薪酬将它实现，让其成为一种具体的景象映入我的视网膜，传达到我的大脑。

这样很可怜吗？

昨天我去参加朋友 B 的生日会，去了很多你熟悉的人，他们问起你，然后很快地一带而过，就好像你是站在路口的陌生人，绿灯一亮便和我擦肩而过。都已经很多年了，我一个人也过得好好的，除了工作有点儿累，大多时候，我都和小白蜗居在家里，和成堆的碟享受着最悠闲的生活。除了去年年末家里水管大爆裂，小白不知所措地跑到浴缸里躲起来，还不停地吆喝着，让我过去一起躲躲一般，好似有水的地方只有那里最安全。那天等维修工上门的时候，整个家都已汪洋一片，我开玩笑给维修工说是小白最爱的玩具不见后，便开始哭，等我回家后，发现早已汪洋一片。说罢，维修工哈哈大笑了一番，说我真是一个有趣的人。

看，有人说我是有趣的人，而不是你所说的我只是一个闷人。

前周小白开始发情了，每天半夜都向着西南的窗户嚎叫。没有办法的时候，就带它出门晃悠。那时河边的灯光特别整齐地分散到空旷的路面上，小白看不到成堆的母狗屁股，便失魂落魄地寻着风的方向跑来跑去。我只希望它能在追逐的风里寻觅到一点儿母狗尾部的气息，至少有点儿希望，也比在家里想象着母狗的骚姿而乱嚎导致吵闹到安睡的邻居要好。

过几天，我会带小白去配种。之前，我在 BBS 上发了个小白的求偶贴，很快便有个可爱的女孩过来看小白。小白不喜欢她，老是躲着她，还冲着我叫，我无奈地看着它，我希望它能在这个可爱的女孩子身上看到母狗的影子，这样说是不是有点儿不合适？管他呢。

对方的狗叫小あい，换成中文名叫小爱。那女孩子坚持用中文和日文的混搭读法来呼唤这条狗。我第一次听到的时候，便以为是在叫小阿姨，怪不得小白不喜欢，小白那简单的大脑里或许只会爱上一条叫小黑的狗。可母狗叫小黑，真不好找。

女孩子走了后，我拿着小爱的照片给小白看，小白不予理睬地把头搁到离照片尽量远的地方，还发出呜呜的声音。照片就那么的不真实吗，作为记忆的载体是那么的不可靠吗？

记得我搬家的时候，翻出很多你的照片，还有你不知道什么时候藏在我床垫下的照片。今年年初我将照片全部打包封在了箱子里，我才发现，记忆里你的模样已经很模糊，模糊到在大脑皮层上只是一个以无数个性格单词构建出的一个形体。这样想着，一切都不那么真实，就好像在躲猫猫的过程中，瞬间长大成人，便再也找不到藏在什么地方的你。

有天我散步的时候，才想起门牌 64 号的书店是我们用来消磨时间的地方。你总恶狠狠地说那店牌是我生日，那卖书的女店长一定是暗恋我而故意的。后来书店换了一个眼角有很多鱼尾纹的阿姨来管理，店面也变得陈旧不堪。我如今只是路过那里，你也永远不在那里踮着脚丫取下最上一层枯燥无味的散文集。

什么时候开始你觉得已成熟，成熟到需要一个更大的地方，于是离开了这座城市。我什么都没说，只希望你能过得好，所以你的离开，我视为一个新的起点，希望有一天在终点那里，我和你都微笑着。

　　偶尔半夜睡不着的时候，我会像过去你半夜骚扰我一样，照着你过去的手机号打过去，可你的手机永远都是关机的。

　　我想你，一定过得很好。再也不是半夜乱打电话骚扰人的小孩子了。

　　今年，我去了巧克力山，没有遇上哈利·波特，也没有习得魔法，但我留下一张照片，一并给你。

　　晚饭后，小白在街口的转角处遇到了一只叫小黑的狗。

　　所以我相信，有那么一天。

　　我们会再见。

　　祝好。

穿着连帽衫再次见到你的 64 号店主人

就像蝴蝶
飞不过沧海

Word文字 · 丁丁

丁丁——
写作者
微博@就怕太性感

我不善于讲道理或者总结感悟，倒是有点儿故事可以讲来听听。

或许所有人小学的时候都曾有过这样的朋友——我们住在一个社区中相邻的两栋楼，站在我的窗子边能看见她的窗子，我们一同上学、一同放学，到对方家中做作业，连铅笔、文具盒、书包、甚至新衣裤都买成同款双色，偶尔同别人玩笑说我们是双胞胎姐妹，屡试不爽。她比我瘦一点儿、高一点儿、嘴巴甜一些，甚至连考试成绩都比我高一两分。我曾经就是那个Princess&Maid（公主和侍女）游戏里的Maid，看似相似又存在感微弱。

　　小时候最容易说天长地久，那时候就觉得，我们已经做了两年的好朋友，一辈子也不会很困难。

　　事情是从什么时候开始变化的？

　　大概是五六年级，成绩忽然变好、特长开始展示、个头儿在青春期前蹿了蹿，连性格都开朗了许多……老师们忽然发现原来那个上课不敢举手、下课去厕所都不敢跟人家争位子的小姑娘忽然有了那么点儿孺子可教的意味……老师们总以为小孩子单纯，往往连社会上通用的遮羞布都懒得用，因此学校里面更为直接，我忽然变成了两个人当中更容易被注意到的那个，那些我们长大后哂笑着不值一提的奖励，变成了小女生单纯生活里的天翻地覆，我跟她位子对调，境遇变换，自然，友情也要生出波澜。

　　于是从某天开始，我的书本再没有齐整干净过——上面布满了被男孩子的玩具气枪打出的孔洞；我的饭盒再没有安全地度过一个上午——每天午饭前我跑去教室后面的垃圾站翻饭盒几乎成了保留节目；我新买的书包被划出长长的豁口，我的钢笔帽里时常塞满了橡皮屑……

　　小孩子的恶意最伤人——那是老师或是家长这种成年人不屑一顾的闹剧，总觉得不过闹闹脾气，过几天照样玩在一起，可是那些灰暗的岁月，是需要一个人一分一秒熬过去的。那时候还没流行所谓的伤痛文学，也没有人能够跟我解释这其中的原委因由，我时常陷入一种矛盾的疑惑：如果优秀是好的，那么为什么优秀会遭到孤立？如果友谊是好的，那么为什么友谊会带来痛苦？

　　那是我人生第一次遭遇到这样猝不及防又彻头彻尾的失望，但似乎就从那一次开始，类似的事情就在每一个人生蜕变的阶段出现——因为成绩上升被集体孤立；因为竞赛获奖而被疏远；因为一个奖励或者加分而变成陌路……上帝不需处心积虑去为难谁，他随便翻翻手，就有善变成恶，爱变成恨，亲变成仇。

幸而我们总会停在某个阶段，走上一条前人走过的路，看到自己才华的极限和能力的穹顶，资源不再那样单一，机会不再那样稀缺，我们在相仿的人群中寻找舒适的位置，带着打磨了二十余年的并不完美但堪可见人的情商，祈祷友谊地久天长。

当然，大多数时候，祈祷也不过就是祈祷。

T小姐和S小姐是大学室友，在大学前三年的日子里，她们修同一门课、抄同一本作业、吃一份学校南门外的老干妈鸡丁饭、用一张公共浴室的洗澡卡，当然难免的，老天作孽地，喜欢上了同一个男人。

初时这是信息不对称的。S认识男主角认识得早：他们在一门专业课中被分在了同一个小组，每星期二和星期五都要聚在校园咖啡厅里开组会讨论这个星期的小组作业应该怎么分工怎么准备。开会时间是晚上九点，规律性地持续一个半小时，于是每个星期二和星期五，宿舍楼的姑娘都能听见S一面哼着歌儿一面拎着打包回来的烤串儿或者麻辣烫悠闲地晃回宿舍，然后宿舍的几个姑娘就一边撸着串儿一边听S叙述今天男主角又穿了什么衣服、说了什么段子、有没有跟她讲话之类的细节……

当然，S不会想到，就在她兴奋地与人分享自己对男神的喜爱和花痴的时候，躺在上铺的T正在给男主角发短信：明天要去中关村买个移动硬盘，你跟我一起去挑好不好？

T与男主角相识得更早——他们算是老乡，早在入学前的新生QQ群中相识，入学报到的时候都坐的同一班火车。他们的友情并不比其他人更深厚，但有时候胜负只在那肉眼都看不出来的毫厘。

T带着这种隐秘的优越感和愧疚的快意一面鼓励着S"去约他吃饭啊"，一面维持着在短信中的不着痕迹的试探——"你真的不喜欢S那样的女生么"。她自然明白纸包不住火，可是不到把老房子烧毁的那刻，她愿意把这团火抱在胸口。

真相是被如何戳穿、又是在怎样的情形下被戳穿的，至今无人知晓，总之忽然一日，风云突变，曾经的姐妹在线上线下，通过所有SNS或是口耳相传的方式说着自己的故事。可是罗生门看了好多次的旁观者，又有谁关心事实的真相呢？

或者，本来就没什么真相。

那时候直到毕业，我再没见到会在半夜套着T恤短裤、踩着人字拖，结伴跑去门外买烤鸡翅和烤面包的T和S。

但其实，没有因由的消失的人更多。

那个一同看灌篮高手、一个场上打篮球的兄弟是什么时候变成了隔壁学校的那个低头走路的少年的？那个说好了每个星期要写一封信保持联系的人的电话号到底存在了哪里？那个约定考同一所大学的同桌到底在考前的一年跑去英国读了预科，可是怎么就连邮件都没了一封？能做朋友是件天时地利人和的事情，大家目标一致、步调协同、能力相当，还要有足够相处和理解的时间与空间，以及愿意向陌生人交代过去人生的耐性与好心情。

我说这些并非因为对友情失望，也不是为了提升逼格强行鼓吹"人天生是孤独的"。我只是想说，友情实在是最可怜的感情，相比血缘维系的亲情和婚约维系的爱意，实在羸弱得不堪一击。亲缘无法阻断，爱情可以妥协，但唯独自小听惯了"莫愁前路无知己"，总觉得前方还有更好的人等着自己，好多人，也是说放弃就放弃。面对分离无须有什么怨怼，早有写词的人看得比我们更清楚：就像蝴蝶飞不过沧海，没有人忍心责怪。

你不知道一朵花的娇弱，又怎么知道如何守护它？

我再有 200 天就要名正言顺地进入三十岁，离家十年，手机里积攒了恐怕上千的联系人。除了那些真正除开公事再无交集的个案，人人恐怕都称得上一句朋友。然后只有自己心里清楚，哪些人是需要谨小慎微地打交道、哪些人可以肆无忌惮地揭疮疤；哪些人可以深夜啤酒撸串儿谈人生、哪些人需要红酒牛排高逼格；哪几个会为我出头争口气、哪几个我愿意为之赴汤蹈火……我对密友心怀感恩，也对那些萍水相逢的人真心诚意说谢谢，哪怕我们只偶然地喝过杯酒。

更何况，尽管友情的千重缘起万般姿态大多讲的是个相遇同行再分道扬镳的故事，可山水有相逢，谁说擦肩而过的彗星没办法再与地球重逢。

就像前几日，我刚刚去看过小学那个朋友新出生的女儿。

就像更久之前的几个月，S 做了 T 的伴娘。

没必要赋予它太多的意义，不强求深刻，不苛责分离，虔诚地有度地维护手上的缘分，或许笨拙，却也是我目前能做到的、对待友情的最好方式了。

恋火烧不透，此生爱不够

Word 文字 · 王宇昆

P 图片 · 杨杨

王宇昆
————
作家
代表作《当世界已无法深爱》
微博@王宇昆

"不讨厌你怎么会把鼻屎丢进你的茶杯里……"

正准备说出这句话的时候，牙套坐在我的对面写着实验报告，她晶绿色的大框眼镜不断从塌塌的鼻梁上滑下来。

她问的问题是"D他到底讨不讨厌我啊？"

我心里发出"呵"的一声冷笑，看着她露出微芒的牙套，心想着这种被分手后还能问出这样问题的女子也就只有牙套这种奇葩了。可就算我对她这种情商的人内心充满了鄙夷，脸上还是必须得表现出一副同情万分的表情。

因为，我是牙套唯一的闺密，男闺密。

牙套是位情商低到尘埃里的女博士，我并没有集体涂黑女博士这个弱势群体的意思。之所以说牙套情商低，当然要讲讲她的故事了。

我和牙套所在的学校本硕博同在一个巨大的校区，教学区错综交杂，所以长相有点儿着急的牙套经常会被同校的那些师弟师妹认成老师。抛开长相，牙套凭借着她在学术领域不可一世的高度也的确可以当那些小孩儿的老师了。鹤立于女博士群落中的牙套，那副绿眼镜和浓重的黑眼圈把她衬得格外显目，像群落中的土著长老，手里抓着的那本厚厚的《现代分子生物学原理与技术》就是她统领部族的权杖。

但和《非诚勿扰》那些跑去相亲的女博士不同，牙套没那么渴望恋情，但却万分惧怕寂寞。挥斥寂寞的方式固然很多，交朋友当然是条罗马大道，但研究生时期连续被两个闺密抢走男友的她，好像从晋升女博士之后就再也不奢求这种友谊了，风险极高的友谊。所以她又头脑简单地把驱赶寂寞的方式统一归结到了一个方向，那就是爱情。

于是就有了牙套和晋升女博士后的第一个男友 D 的故事。

D 是我的室友，牙套和他在一间实验室里认识。牙套和 D 分别由不同的博导带着，却共同研究着一个领域的问题，所以差不多算是竞争关系。因为学校实验室比较紧张，所以两个团队经常挤一间实验室。每次 D 一大早打算去抢占实验室先机的时候，都发现牙套已经正襟危坐地在显微镜前面观察玻片了。

无巧不成书，如果生活毫不狗血，剧本也没法随随便便玛丽苏了。

这天牙套拿着她的权杖拎着一袋子小笼包推开实验室门的时候，发现自己一个买早餐的工夫，位子就被人占了。她丢下权杖和小笼包，上前欲晓之以理动之以情的时候，又发现对方正在观察的是自己昨天刚刚做好的实验样本。

这下子可好了，牙套心里瞬时沸腾起一种内衣被人偷窥到的火焰，她朝着D的脑门儿上就来了一个脑瓜崩，男生当时那个反应差点儿把实验室角落里饲养的小白鼠给吓得免疫变异。

室友D也不是什么省油的阿拉丁神灯，两个人当机立断来了场博士群落里的撕×大战。这算是结下了梁子，牙套知道了D的大名，D也记住了牙套的狰狞。为此，牙套再次向学校申请实验室，但无奈的是，上面没批下来。

所以，就在故事的发展本应该是牙套与D持续争夺实验室白热化最后打得不可开交的时候，老天爷却突然开了个玩笑，牙套和D在一起了。

作为D的室友，尽管我有些鄙视D的审美，但就算天公再怎么不作美，作为旁观者的我也只能默默在两人秀恩爱的朋友圈下点个赞，心里祷念几声"情人眼里出西施，爱情不是想买就能买"。

这期间，牙套和D热恋，他们像歌里唱的那样，你占位来我实验，你打饭来我实验，你像个小仆人似的任劳任怨我实验……牙套只需要不停地做实验，然后享受着D带来的男友牌至尊服务。这段时间，牙套真的掉进了蜜糖水，觉得从早恋、初恋到绝恋，D简直就是集百家之长，男友里生出的人精。

久违的恋爱感觉的确很快驱赶走了蒙在心头上的那层寂寞，尽管两个人一起埋头实验室的时间多过了一起看电影、烛光晚餐、轧马路加在一起的所有时间，但她仍然觉得自己是幸福的，像过山车突然飞到轨道顶峰的那种快感一样。

D也是有变化的，对于他来讲，唯一的变化就是他的实验报告换了一套风格，比以往更加精致，更加完备。D的导师欣喜于他的这种变化，甚至还给他多拉来几个私活，让D乐得合不拢嘴。

看到这里，或许你会觉得他们爱到一起的缘由未免也太莫名其妙了吧，可当一个半月后，D 向牙套提出分手，我才觉得这一切竟然锋利自然得如此逼真。

D 月初在某顶端科学学术杂志上发表了一篇论文，引起了年级组的剧烈轰动，平常碌碌无为的他突然成了博士生群落中的冉冉新星。而论文出刊的当天，D 向牙套提出了分手，分手的理由是"他在牙套那里找不到成就感"。

呵呵，这个理由就像是吃完韭菜馅儿饺子后，塞在牙套里的那片油绿油绿的韭菜，让人作呕。

"他妈的找不到成就感？！他的成就感都用来偷窥我的实验数据了！"

分手后，牙套好像对于 D 当初追求自己的目的大彻大悟，我安慰着醍醐灌顶的她，听她骂骂咧咧地讲话。女博士牙套生起气来都让人觉得同情，当然也仅仅是同情了。

其实我夹在室友 D 和牙套之间是很难做的，这边我跟着牙套一起咒骂 D 的丧尽天良，那边又要听着 D 讲和牙套谈恋爱是多糟心多受虐的过程。

为了脆弱的感情，人也不得不把自己活成一个卑鄙的小人啊！不是有句话说得好吗？先小人，后君子——真是对我的极大褒贬。

后来，牙套把 D 抄袭这件事情闹大了，D 则打死也不承认自己是抄袭，而是共同完成实验，自己只不过是把自己负责的那部分数据整理了出来，甚至拿出了各式各样的资料证明，天衣无缝地让人觉得 D 像是被诬陷了一样。更让人无语的是，大家知道牙套和 D 曾是情侣后，都只是把这件事情当成了情侣闹掰后的一场闹剧。

牙套吃了个哑巴亏，哭得昏天黑地。

"我他妈的当初男友被闺密抢走都没哭成这傻 × 样……"

牙套一边在绵延不断的哭声中吸着鼻涕，一边在停顿的空当中加入类似的话。还真是可怜啊，可这种可怜也就只有我明白吧，后来我对牙套说要不要我出来做证？她拒绝了我，心无执念地丧着脸对我说了句："无所谓了。"

这边的"无所谓"是牙套辛辛苦苦做了一个半月的实验全部"到手的鸭子飞了去"，而 D 那边的"无所谓"却是享受众人羡慕的明媚目光和导师的极力表扬，一家科研外企还抛出了橄榄枝，高薪聘用。

爱情就是这样啊，你以为自己活得甜蜜快乐，只不过是别人给你设了个套，等这甜头过去了，就只剩下辛酸的回味和油腻的憎恶自悯自怜了。

可对于牙套来说，这段感情也不能算是一无所获，起码她有片刻的至尊 VIP 幸福和曾与寂寞告别的踏实感。

其实，牙套和 D 发生这段故事的时候，我还并没有成为她的男闺密，因为他们热恋期我去蹭了顿饭，于是就被牙套设定为 D 身边的人肉监视器了。女博士这点还是蛮机智的，后来他们分手，我便成了牙套的伤心话收纳器，慢慢地就变成了现在这个关系。

黑云压城城欲摧，寂寞来时无人陪。

牙套说女博士和男闺密将来都会孤独到老吧。看着她那副生无可恋的表情，我成了后来那段寂寞重来时间里唯一可以给予她点点安全感的人。

直到她又遇到了第二个自己主演的故事。

那段时间，牙套陆续拿到了几家公司的 offer，她忙着甄选的时候，甚至开始有些留恋这段为数不多的校园时光了。而就在她幼稚地把学校那颗银杏树落下的叶子拼成一个心形的那个下午，她的肩膀突然被一只手掌轻轻拍了两下。

牙套转过身，大约三十七八的男人站在了那颗心的外围，笑着问她办公主

楼怎么走。男人的长相是张震和小田切让的结合体，让只看过一部《卧虎藏龙》和《光明的未来》的牙套一瞬间慌了神儿。

这是她第一回见到阚叔。

我至今记得牙套向我描述见到阚叔时的心情，就像甜筒最先融化的那一滴，在就要融化的那一瞬间，嘴巴慌张地靠了上去，生怕这短暂的愉悦消失。

可阚叔是新来的日语老师，教本科生的，和博士生的生活八竿子打不着。

那次偶遇之后，牙套天天心心念念，我怂恿她马上就要变成社会青年了，不如再不羁一把。于是在我们的精心讨论下，牙套弄来了阚叔的课表，开始装成本科生去蹭他的日语课。

女博士牙套又要开始扮嫩了，她和 D 谈恋爱的时候就说自己每天都尝试着把自己打扮成小太妹，可发现自身条件再怎么改造充其量也只是小太妹身旁提着菜篮子买菜的已婚主妇。牙套对着镜子一阵涂抹之后，皮肤是明显比以往改善了不少，面颊的桃红也让她有了几分小鲜肉的底气，只是那眼睛里，还是嵌着女博士洞穿多少是是非非的深邃。

"你要肤浅点儿，对，上瞟，时不时来个白眼，想想那些小女生天天脑袋里想些什么，你就想什么。"

"她们想什么？"

牙套这个敏捷的问题还着实问倒了我，我左思右想索性换了个方式。

"哎呀，好了好了，你就想着那帮小女生也都像你一样花痴那个大叔，现在眼神找没找到感觉？！"

"找到了！我要把那些小姑娘的眼珠子都抠出来！"

和女博士真心不在一个频道，我看着镜子里的她，发自肺腑地笑了笑，转而继续偷窥她的论文。

第一堂蹭课，阚叔穿了 NB 的一件连帽衫，帅翻整个阶梯教室，坐在角落里的牙套像做贼似的假装找到拍 PPT 的角度，实则是在偷拍阚叔。

咔擦咔擦，真像个十八岁少女似的。

下课的时候，她故意留到最后，切合阚叔的节奏，和他一起走出教室，阚叔果然认出了她。

"你不就是那个那天在草坪上拼心的女生吗？"

阚叔脸上浮出和那天一模一样的笑容，牙套心里咚咚敲起鼓来。

"啊！老师，你还记得我啊。"

这句话牙套刚一说出口就后悔了，她后来回想本应该以一种自己忘记了，对方却记得的姿态回应。

"你是日语系的学生？"

"额……这个，对，我是转系生，这学期刚来的。"

牙套说这句话的时候，表情出卖了她毫无底气的心理，她利索地抢过阚叔接话的空当，翻开从旧书店淘来的日语教材，装模作样地问了几个问题。

"这本教材，已经是十年前的版本了，新版这里早就删掉了……"

牙套的手指指着一个自己一点儿也不认识的字符尴尬地对着阚叔笑了笑，这下好了，完全露馅儿了。不过幸运的是，阚叔最后给牙套留了自己的 QQ 号和办公室位置，叫她有不懂的地方可以来询问。

算是有一点点起色吧，牙套开始像个辛勤的小学生，每天最早到教室里坐着，位子从最后的角落逐渐过渡到第一排正中央，360 度无死角地看清了阚叔的每个角度的帅气。我泼她冷水，说她是深闺老妇中毒了。

阚叔 QQ 关联了微信，牙套偷偷发送了申请，没想到阚叔竟然通过了。起初小心翼翼检查断句语气的留言，阚叔竟然也都是秒回。那句网络名言，不是说秒回是这个世界上最温暖的事情吗，现在牙套真是要被阚叔暖到心都融化了。

牙套通过朋友圈知道阚叔曾经在日本留学三年，知道他最喜欢京都的樱花和北海道的薰衣草，知道他喜欢吃三文鱼讨厌芥末，还知道他有个谈了两年的日本女朋友。

女朋友那条是从他微信那天不小心发出来的图片的右下角水印上，得知了他的微博地址，然后一个通宵浏览完一千多条微博，在倒数第九条得知的。

"哎，又是注定结局的开场，什么时候演到尾声啊。"我心里暗暗为牙套这段恋情打了封印字条。

知道牙套可能心态会有变化，但她在我面前却没有表现出太多的沮丧或是失落，她依旧早早去蹭课，时不时去阚叔办公室借着问问题的机会多瞟他几眼，生日或是节日礼物祝福从不落下。

说到头，牙套好像并不在乎这段感情的结局，此时，她比和D谈恋爱时要成熟，要镇定，像自娱自乐却充实感人的女配角。

这场静默的感情最终在冬天即将来临的时候结束，阚叔要调走了。告别的那天，牙套最早赶去了阚叔的办公室，趁着他还没来收拾东西，把那本她用了一个学期，从旧书店淘来的日语教材塞进了他的档案夹里。

牙套竟然也忘记了最后见阚叔是什么时间什么地点，她没有送别，没有伤感，像个没事人似的度过了这一天，度过了后来阚叔离开后的每一天。

我有时候在想，是不是D对牙套的感情伤害让牙套不敢再对爱情有所奢望，所以她不再期待结局，不再忙于留恋。

后来我问她，是否有向阚叔表达过自己的感情，或者说，阚叔是否有察觉到她的感情，牙套给我的回答却依旧是那副生无可恋的表情。

"如果我们事先认识了将要偶遇的陌生人，那转角和路口发生的故事又有什么意义呢？不一定非要彼此知晓，才能爱。"

女博士牙套的沉稳大气像有十八个排气口的跑车，嗖的一下从我的心脏旁边奔驰过去，我看着她，突然有些难受。

其实故事的背面，有太多我们知道却不愿意讲出来的事情。

就比如，其实当初一心想要出国交流的 D 急需要一篇出色的学术论文来装裱自己的简历，于是我给他出了靠近牙套，利用牙套的坏主意，这也是后来为什么我会心甘情愿陪着牙套的原因，算是一种补过吧。

还有，那天在阚叔离开后，牙套在实验室里偷偷哭了一整个下午。

至于那本陈旧的日语书，我偷偷翻过，牙套在阚叔重点讲解的知识点旁边都画了一张阚叔的头像，而且最后一页还夹了一张牙套偷拍阚叔上课时的照片。

这些乱七八糟、零零碎碎的秘密，我们最终谁都没有讲出来。

"D 他到底讨不讨厌我嘛，你说啊？"

"讨厌！讨厌！不讨厌他怎么会把鼻屎丢进你的茶杯里……"

毕业那天的散伙饭，卸下穿了一天博士服的我们坐在 KTV 包厢里，已经摘掉牙套的牙套晃着我的胳膊追问，最终，我还是不耐烦地把这句略带恶意的话说了出来。她"噗"的一声把喝了半口的啤酒呕了出来，晶绿色的眼镜飞离鼻梁。牙套埋怨着，然后用手掌"啪"的一声重重拍在我的肩膀上。

KTV 的歌正好放到了张国荣《红颜白发》里那句"恋火烧不透"，这一刻，我们都默契地笑了。

我们见过
独角兽

Word 文字 · 夏正正

Picture 图片 · 刘威

夏正正
————
微博＠夏正正　代表作《刚好有你在》作家

　　"你知道独角兽是怎么灭亡的吗？"尹铭曾这样问过我。

　　"因为……它们只有一只角，所以无法面对天敌的进攻？"我想了想回答。

当时我已经喝了十几瓶啤酒，脑袋多少有点儿发蒙，不过还是能想起曾在哪里

看到过这样的解释。

　　"这么说也没错。不过我还是更相信另一个解释。独角兽之所以会灭亡，

是因为这群家伙太固执了。"

　　"固执？"

　　"对啊。你知道独角兽在某个时代是爱情的象征吧。每只独角兽头上都只长了一只角，与此类似的，一生之中它们也只会爱一个人。一只独角兽不仅可能会与另一只独角兽相爱，有时它们甚至会爱上别的生物，比如一匹白马、一个人或者一只鹿。一只独角兽爱慕的对象无论是死去还是根本就不愿意理睬它，独角兽都不会改变它们唯一的爱。这样当然是不利于独角兽整个族群的繁衍的，所以独角兽在地球上存在的数量越来越少。对别的生物来说，爱是一回事，为了种族的繁衍又是另外一回事，它们会将两者区分开来。但独角兽们显然不能接受这样的观念。说它们固执不算冤枉它们吧？"

　　我点了点头。尹铭接着又问："你知道什么是进化吗？"没等我回答他就自顾自地接着说："一种生物如果想要存活，就必须不断地进化自身。不觉得进化是一件很残忍的事情吗？你为了生存下去，就要变成一个不是自己的自己。有时为了进化，你不得不挺身而出接受发生在自己身上的一切改变。独角兽灭亡了，因为这群家伙骄傲又固执地拒绝了进化。妈的，我真是太喜欢这种生物了。"

　　我那时已经有很久没听过尹铭一口气说这么多话了，再加上那天我因为失恋和醉酒，整个人都不在状态，所以一时根本不知道怎么接他的话，只能又打开一瓶啤酒递给他。

　　"真的是很早就喜欢了。"尹铭一口气喝掉大半瓶啤酒接着说，"我想想，大概是从小时候我第一次在徐庭轩家的画册上见到它的一瞬就喜欢上了这种生物。我和徐庭轩说，我上辈子肯定是只独角兽。"

　　"你是独角兽的话，那徐庭轩呢？"

　　"那家伙啊，"尹铭对着酒瓶子思考了一会儿，"那家伙是只鹿吧。哈哈哈。"

尹铭边说边开心地笑了起来。

我认识尹铭和徐庭轩差不多有十年时间了。那年我们都十六岁。而在我认识他们之前，他们已经在一起玩了差不多有十六年的时间。也就是说，这两个人从娘胎里出来就玩在了一起。

他们的妈妈在同一所大学任教授，爸爸都在政府机关工作，两个人出生就差了半个月，徐庭轩大一点儿是狮子座，尹铭小了半个月就成了处女座。

其实仔细看，两个人眉眼之间还有点儿相像，不过气质真是完完全全不同。

第一眼见尹铭就觉得他像只小豹子，整个人充满一种让人感到紧张的力量，有时他盯着你看时仿佛下一秒钟就要冲上来和你干上一架，但一旦放空下来，整个人又变成一副懒洋洋的样子。徐庭轩就完全不一样，整个人干干净净，性格很柔和人也长得很好看，而且是那种硬朗、线条分明的好看。

当时我因为家里的一些原因转到了尹铭他们的学校，虽然不在一个班但是常常一起踢球因此熟悉了起来。尹铭的身体爆发力很好，踢球的技术和整体意识要远远甩开一批同龄人。我一直都是踢前锋，从小就跟一位做过职业足球运动员的叔叔学踢球，所以基本功算是挺扎实的，但还是得承认尹铭真是一个天生踢前锋的料。可实际上他踢的却是后卫……

这当然不是尹铭的本意，我们那个年纪的男孩子哪有愿意踢什么后卫的。他之所以踢后卫原因很简单——是徐庭轩让他这么踢的。

因为我一开始认识徐庭轩时他就已经是我们的守门员了，所以并没有对他踢球这件事感到多诧异。但后来跟他接触久了，才知道当初尹铭能拉着他一起踢球有多么不可思议。

徐庭轩真的是不喜欢任何运动。虽然外表看不出来，但他真的是一个很懒的人，因为从小就跟尹铭一起长大，所以他习惯了可以让尹铭去做的事自己就不去做。他之所以想要尹铭当后卫，就是想让尹铭尽量拦住对方的每一次进攻，最好不要让他们射门就对了。

但世上还真有天赋这回事，徐庭轩是我们那群人里身高最高的，腿和手臂都很修长，守门时高开低挡，动作异常灵活，偶尔有尹铭漏掉的人，他总是能最精确地扑出对方的射门。

即使是十年后的现在，我也可以略带骄傲地说，当年我们那群小伙子踢得还挺像模像样的。只要一闭上眼，我还能想起比赛过后脱掉上衣，一个个露出结实匀称的身体，躺倒在草地上的样子。风紧贴着出汗的皮肤吹过，每一个毛孔都那么畅快。整个人筋疲力尽到连用脑袋想事情的力气都欠奉，什么都不想什么都不去抗拒，只是单纯地在身边那群朋友的呼吸声里用力呼吸着。

我想如果不是后来发生的事情，也许徐庭轩和尹铭大概会和我一起把球踢下去吧。

那年我们市的一名球员入选了国家队，足球在整个城市前所未有地风靡起来。一家啤酒厂趁机联手教育局举办了一场由它们冠名的校际足球赛，奖金在当时还是中学生的我们看来简直是个天文数字。

和一些为了奖金临时拼凑起来的球队不一样，我和尹铭庭轩还有球队其他的成员已经在一起踢了一年多的球，所以无论是球员的个人能力还是和球队的磨合程度都在所有报名的球队里遥遥领先。我们基本不用轮换人员，每场都是一样的首发很轻松地就踢到了四分之一决赛。

赛前我们已经意识到了这场比赛的艰难程度，对方的球队显然是我们这次争冠路上最大的对手，尤其是那个外号叫作"坦克"的中锋，整个人差不多有一米九高，壮实得怎么看都不像一个高中生。踢球时敢拼敢抢，关键是看似笨重的身躯脚下技术却十分灵活，实在是个让人头疼的对手。

虽然赛前已经对比赛的艰难程度有了预计，但比赛真踢起来赛场上的火药味还是重得超出我们的想象。我第一次带球前突，就被对方两名后卫夹击放铲把我铲倒在地，裁判只是示意对方犯规并未出示黄牌。

还好没被踢到站不起来的地步，我爬起身向前劝阻冲上来和对方争执的尹铭。

比赛继续，但又踢了二十分钟不到，我已经被对方连续侵犯了数次，除了那个叫坦克的小子是在认真踢球，我怀疑对方其他的球员就是来玩功夫的。

大概是看裁判的判罚实在太松，对方球员的脚下也越来越脏，对方一名中卫在一次滑铲断球后倒地把球分给坦克。坦克带球急突，像玩杂耍般晃过尹铭，起脚朝着球门死角射门，徐庭轩纵身扑救，球还是擦着他的手进了。

对方的优势一直保持到了下半场最后二十分钟，期间保持领先的他们脏动作非但没有收敛，反而更加放肆。在坦克晃过我们的一名防守球员，朝球门奔袭而来时，尹铭积累了整场比赛的火气终于爆发了。我想对方的脏动作固然让他不爽，但真正让他有那么大火气的还是坦克三番两次对他的戏耍与挑衅。

在看到尹铭放脚铲向坦克的一瞬，我就意识到糟了。在一起踢球一年多了我知道尹铭盛怒之下全力一铲的力量有多大，不过还好他脑子还算清醒脚下技术也还在，这一脚还是先踢到了足球，不过来不及收腿，铲到球之后又狠狠地踢到了坦克的脚踝上。

坦克痛苦倒地，队员们一起跑上前，我看到坦克倒在地上满脸痛苦的表情，脚踝上已经渗出血来了，两方球员都在和裁判理论，最后裁判终于想到今天来比赛是带了牌的，向尹铭出示了第一张黄牌。

平心而论尹铭虽然脚先触到了球但毕竟动作有点儿大，吃张黄牌也不算太亏。而且脚踝受伤的坦克也没法坚持比赛，被他们球队的替补搀扶着一瘸一拐走到场边。

接下来的比赛容易了很多，对手本就是以坦克为核心建立的球队，坦克下场后踢得更没章法了，虽然脏动作依旧，但裁判的判罚尺度也严格了起来，我们接连进了两球反超对方，拿下了这场比赛。

至于两天之后的决赛，我们更是踢得轻松，上半场就取得了三分的领先，毫无悬念地赢得了这次比赛的冠军。

赢得比赛的那天晚上我们去了学校附近的一家小酒馆庆祝。就连平时不怎么喝酒的徐庭轩到最后也是醉得不省人事。还好我家离得不远，散场后我和尹铭一起把他架回我家。

"要不你今天也睡我这儿吧。"我对尹铭说。

"三个人挤一张床？"尹铭一脸嫌弃。"我先回去看看那群人喝完没。待会儿你记得睡外边，别让这家伙掉下床了。不能喝还喝这么多。"

送走尹铭，我喝了杯水关灯睡觉。不得不说徐庭轩酒品确实很好，喝醉了也不喊不闹，这会儿躺我身边连鼾声都没有，就像不是醉倒而是晕倒了一样，我很快就睡着了。

仿佛才刚刚闭上眼睛电话就响起来，我下床跑到客厅去接电话。"尹铭出事了，你快来医院吧。到了再说。"是一起踢球的小奇打来的电话。

挂了电话突然间觉得口渴得要命，明明记得睡前才喝过水的。我走到卧室，徐庭轩还在安静地睡着。我犹豫着要不要叫醒他，最后决定还是先去医院看看情况。

情况比我在路上想的还要糟糕，尹铭的腿被坦克他们打断了。我去的时候球队里其他人已经快到齐了。

"怎么搞的？"我问小奇。他脸上也挂彩了，但看上去不是很严重。

"你们送庭轩走后，尹铭又回来了。我们又闹了一个小时，大伙儿才散。我和尹铭顺路一起回家，路上碰到了坦克那队人。"小奇说到这儿咬了咬牙，"他们就分两个人缠着我，其他人一起围攻尹铭。尹铭倒地后，坦克就使劲儿往他腿上一下一下地踢。"

我平时还算是个冷静的人，但听小奇这么说着脑子里仿佛还是有什么炸开了。我深吸了口气试图让自己平静下来。但话还是忍不住从嘴里说出来了："留两个人在这儿守着。其他人跟我一起去找坦克。"

当我领着一群人往医院外冲去时，我们球队的教练杨老师正好走进来了。他看了看我的架势大概知道我们准备去做什么，上来就朝我胸口轻捶了一拳。

"胡闹！回去。"

"不回。"我站着一动不动。

"情况我都知道了。你们真想替尹铭报仇？"

"坦克做得太过分。场上的事场上解决。下了球场还这样实在太下作。"我说。

"坦克这辈子算完了。"杨老师叹了口气说，"只要你们先别胡闹。"

"什么意思？"

"尹铭他爸是市里的领导，理又都在咱们这边，这事能就这么算了？他退学事小，少管所肯定也跑不了他。你们要是现在一闹事情反而麻烦了。想收拾坦克容易，但要一件一件来。你们要想打，以后有的是机会。现在着什么急。"

现在想想杨老师是真了解我们这群男孩。他知道我们这会儿想为尹铭出头的心是真，但也知道我们的血气持续不了太久，过了这段时间，自然也不能再去找坦克什么事。

事情果然像杨老师说的一样，坦克被他们学校勒令退学了，还关了半年的少管所。当时在场的人后来也完全忘记了他，谁也没想再去找他麻烦。

尹铭在医院住了一个月时间，就出院回家养伤了。徐庭轩也请了长假在家里陪他。不知道是不是因为那天尹铭出事时我没有叫醒他，所以他多少有些对我不满。不过我还是不后悔那天没有叫醒他。那段时间我一有空儿就往尹铭家跑，每次去时都是尹铭在床上一言不发地看漫画书，徐庭轩坐在书桌前做一些功课或是画素描，很可能我不在的时候他们俩就一直是这种状态，看上去好像是一对闹别扭的小夫妻。但和他们接触久了就知道他们从小就是这样的，在一起各做各的事，不打扰对方但好像又很习惯对方的陪伴。

每次看到我来了，尹铭就冲徐庭轩喊："没看到来人了啊，快起来切盘水果来。"

然后徐庭轩就有些不耐烦地去厨房了。

"受伤真是太爽了。"尹铭显得有些兴奋地说，"以前都是徐庭轩是大爷，你知道那家伙真是懒得出奇，我给他当了十几年用人，现在总算可以指使一下他了。"

"报应啊。"我跟着尹铭笑起来。但心里却比什么时候都更担心他的状态。我不敢说自己是最了解他的朋友，毕竟有徐庭轩这个 bug 般的存在，但也能看出他现在的状态实在不正常。

不止一次踢完比赛我们躺在草地上时，我听尹铭在我身边大放厥词。他说他一生只有两个理想：和兄弟们踢尽可能多的球，然后自己一个人去尽可能多的地方。

"我们早晚有天会挂掉的。"尹铭说，"不出意外的话我想我们每个人活的时间也都差不多，但在相同的时间里可以去多少不同的地方，就看我们自己的了。"

"有病。"徐庭轩在一边评论道。

"你这种只愿意待在自己房间里一个人画些无聊的烂画的人是不会了解的。"尹铭说，然后用一种故作怜悯的口吻继续对徐庭轩说，"只是在我环游世界不在你身边的日子，你要照顾好自己。在家画画时肚子饿了要学会自己出去吃饭，而不是打电话把我叫醒去给你买夜宵。"

然而现在尹铭口中的两个理想都不太可能实现了。这次的腿伤好后虽然不会影响到正常的走路，但医生说太过剧烈的运动是没法再做了。

因此尹铭现在躺在床上平静的样子实在有些不太对，如果他整天吵着要找坦克死死干一架我反而能够放心。

不过也许真是我多想了。大概是每天只是看漫画书实在太无聊了，尹铭竟然开始让徐庭轩教他画画。开始我以为他只是闹着玩的，估计他一开始确实也只是闲着无聊闹着玩的，谁知道却越画越认真。不到两个月的时间他的画已经从我觉得完全不能看，到我觉得好像画得还挺不错的程度。

我问徐庭轩："虽然我不是很懂，但尹铭是不是还挺有画画的天赋的？"

徐庭轩的表情有点儿怪怪的："他是很有天赋。"停顿了一下，接着好像有点儿不情愿似的说，"至少比我有天赋多了。"

它们彼此间是一个失散的家族，一旦又会在这夏日夜晚的微风里，在他们的房围，有他们所不知的凶险，而罕见的斯芬克司，和斑马，鹫首飞马可遭遇一头他们所忙碌的猛兽，也可是那一只美丽的孔雀和一鹿匆匆而跳过，但这些，他们通过艺术不知道，而她却知道了他们也会显示在守望守那紧握着彼此的手，因为他们已经嫁到了独角兽，因为他们已经隔到了神的应许

也许是我听错了，总觉得徐庭轩说这话时有些酸酸的，好像是在嫉妒尹铭一样。我还以为他们之间关系好到不会有这些负面情绪了呢。

尹铭就这样在家里休息了半年多的时间，每天就是看漫画学画画，时间久了，我也开始习惯他这样的状态了。

直到我听到坦克被打的消息。

说真的，我连坦克到底什么时候从少管所出来的都不知道。但听到他被打我脑子里闪过的第一个念头就是一定是尹铭干的。但随即又意识到不可能，总不能让他坐着轮椅去打人吧。

听小奇说打坦克的人下手还挺重的。应该是拿棒球棍之类的硬物直接从背后敲中后脑，趁他倒地后，又朝他胸口挥了几棒，肋骨断了两根。而坦克在昏倒前根本没认出对方是谁。

我去找尹铭告诉他坦克被打的事，看得出他也很吃惊。

"不会是你打的吧？"尹铭问。

"不是。是我打的就好了。"

然后他几乎是下意识地望向背对着我们看书的徐庭轩，脸上显得有些困惑。不过他想了想还是没有开口。

那天是徐庭轩送我出来的。这可是从来没有过的待遇。平时我走时他能想起打声招呼我都觉得有些意外了。

"是我打的。"徐庭轩说。

"嗯。"我不知道该说什么。其实来找尹铭的路上，我心里一直有种莫名的羞愧感。真想那个干倒坦克的人是我，或者至少我不能把这件事忘得干干净净啊。

"你不要想太多。"徐庭轩像是看穿了我在想什么，"可以的话，我也不想去。可我去的话最多就是一张黄牌。黄牌总比红牌好，对吧？"

我脑子其实有点儿乱乱的，随便应了他一句话就转身走了，所以一直没理解他最后一句是什么意思。

直到很久之后，那个尹铭告诉我独角兽为什么会灭亡的晚上，我才知道徐庭轩想告诉我的是什么。

那天我和尹铭喝光了我家冰箱里所有带酒精的液体。很难说我俩谁喝得更醉一点儿。我睁开眼看到尹铭正趴在地上不知道在找些什么。

"你找什么？"

"启瓶器。"

他找了一会儿还是没找着，有些气馁地坐回沙发，然后没有任何铺垫地突然对我说："你知道吗？我那时一直想死来着？"

"什么时候？"

"当然是腿断了躺在床上那段日子。"

"那你怎么没死？"看来我是真的喝醉了，不然问不出这样的问题。

"他妈的徐庭轩天天在我床边守着我，我想吃个苹果都得求他，你说我怎么死？"

"那你还是不想死，想死总有办法的。"

"也对。我没死是因为我有件事还没做。你说，我怎么可能饶过坦克那小子？我没去死就是在等我腿好，就是在等他出来，你觉得他出来后我会怎么做？"

我没回答。一种熟悉的内疚感伴着酒气涌了起来，我好不容易才忍住没吐出来。

"我会杀了他。"尹铭说,"不可能有别的可能。你是不是觉得我那时还挺平静的?那是真的平静,一种知道自己应该做什么的平静。你不用自责为什么当时没看出来我有这样的念头,说真的当时的我甚至都没有意识到自己有这么可怕的想法,它隐藏得太深了,深到我根本就无须去刻意地想起它,它一直就在那里埋伏着。"

"可是,"我想了想说,"徐庭轩还是看出来了。"

"对,徐庭轩看出来了,然后他悄悄地去把坦克干倒了。够狠的吧?听说肋骨都被打断了好几根。"

"还不够狠。"我突然想起徐庭轩说的话,"他去打最多就是一张黄牌的程度,你去的话就是真的在玩儿命了吧。"

"可他这么一打,我心中一直暗暗紧绷着的东西突然间好像松懈下来了。说起来也奇怪,那天你告诉我坦克被打而我又瞬间猜到是徐庭轩干的后,坦克这个人对我突然就变得无足轻重了,虽然拜他所赐,我再也没法踢球,再也没法狂奔,但那一刻,我真的觉得无所谓了。"

"所以你不想死了?"

"有徐庭轩这么看着,我能死哪儿去啊。"

尹铭在床上躺了半年后终于可以下床正常活动了,当然球是不可以踢了,如果说他为此感到伤心的话至少从他的脸上我看不出什么来。他显然掩饰得很好。徐庭轩也理所当然地随他一起退出了足球队。但偶尔有重要的比赛时,他们常常会一起坐在场边一边喝着可乐一边大声为我们的球队加油。

此外尹铭在病床上养成的画画的习惯竟然保留了下来,即便是完全不懂绘画的我也可以看出他真的是越画越好。

现在想想，有段时间和他们俩待在一起真的挺无聊的，房间里他们俩只顾埋头画画，我在一旁踢实况足球。不过后来徐庭轩画画的时间渐渐少了，常常是画着画着就把画笔一甩跑过来和我一起玩游戏。我问他发什么神经，徐庭轩瞥了一眼尹铭叹气说："看这小子画画真是让人很气馁啊。"

虽然徐庭轩一直在我耳边说尹铭画得有多好，但事实上高中那几年他获过的绘画奖项一直就没怎么断过。所以高考那年他被国内最好的美术院校免试录取也就没什么好意外的了。让我感到有些意外的是尹铭竟然也考上了这所学校。

我去了一所离他们差不多有半个中国远的城市上学。虽然每年只能寒暑假见面，但奇怪的是我并没有觉得和他们有所疏远。

在新的学校里我还是一有时间就踢球，每个月平均三次和骑行社团里的人一起外出骑行，至于学业什么的基本是得过且过。徐庭轩曾说过我的性格里有一种奇妙的稳定性，说是无论把我放到什么样的环境里，我都能始终如一地以同一种简单直接的方式生活下去。我姑且把这当成是一种夸奖吧。

我在大学过了两年半这样的生活，直到我遇见小茜。

几乎是刚认识她的时候我就预感到，以往那种轻松随意的日子大概要离我远去了，我愿意以一种更积极的方式去对待生活，我突然想要为她变成一个更好的人。哪怕成为一个更好的人意味着我要付出比以往多十倍都不止的努力。

和小茜确定恋爱关系后，我第一时间把这个消息告诉了尹铭和徐庭轩。我想我听得出尹铭他们是真心为我感到开心。一个月后尹铭打电话给我说他和徐庭轩要来我这边玩，当然最主要的就是看看我的小女朋友。

我把这个消息告诉了小茜。她听到后非常兴奋，平时我总在她面前讲这两个人，她想见他们已经很久了。

尹铭和徐庭轩来的那天我们约在学校东门的一家咖啡店见面。看见尹铭他们进店的一瞬间，小茜的眼睛瞬间明亮了起来，我敲了下她的脑袋，站起身朝尹铭挥挥手。

尹铭和徐庭轩带着仿佛一个模子刻出来的灿烂笑容朝我们走了过来，看都没怎么看我就向小茜打起招呼。

"等等，先别告诉我你们的名字，我来猜猜看。"小茜说。然后她指着尹铭用无比笃定的语气说："你一定是徐庭轩对不对？"然后转向徐庭轩，"那你一定就是尹铭了。"

尹铭哈哈地大笑起来，冲淡了本来可能出现的尴尬。

"难道我猜错了吗？"小茜一脸困惑地望向我。我沉重地点了点头。

"什么啊？都怪你平时和我描述的一点儿都不准确。"小茜抱怨道。

我又看了眼尹铭和徐庭轩，突然意识到小茜为什么会完全猜反了。尹铭今天穿着一件白衬衫，头发稍微有些长但却显得干净整洁。整个人看上去瘦削了不少，脸也有些苍白，但也许是眼睛太过明亮的原因并没有给人一种不健康的感觉。

而徐庭轩从上大学以来就仿佛变了性格似的，一有时间就跑出去旅行，开始以为他是为了写生，后来发现他就是单纯地出去玩。所以他看上去比中学时健硕了很多，肤色也稍微有点儿小麦色。

也就是说，这两个人在这段日子里好像慢慢变成了对方本该长成的样子。每次放假见面时我虽然也留意到了这样的转变，但向小茜讲述时脑海中浮现的却总是他们从前的模样。

在我这么胡思乱想的时候，小茜和徐庭轩他们已经聊了起来。没想到这三个人竟意外地很聊得来，我也乐得在一边看他们聊天不插话。

突然不知道聊到什么小茜对尹铭说："你什么时候帮我画幅画像好吗？"

我暗道糟了，因为尹铭说过他平时最讨厌的就是谁一听说他是画画的之后就请他画幅画像。

我正准备开口换个话题，没想到尹铭爽快地答应道："好的，没问题。我的荣幸。"

小茜开心地朝我比了一个胜利的手势。

我突然有种莫名的放下心来的感觉——我的朋友好像真的很喜欢小茜呢。

一起吃过饭后我们被小茜拽去游乐场玩，真不知道她哪来那么大的精力，玩了整整一下午，我们三个从小就踢足球的大男人都被她耗得没了一点儿力气。

趁满脸无奈的尹铭又被她抓去排队坐过山车的时间，我和徐庭轩走去冷饮店坐下来好好休息一下。

我们一边喝啤酒一边有一搭没一搭地聊着，突然徐庭轩说："我决定放弃画画了。"

我差一点儿没把嘴里的啤酒吐出来。

"为什么？"

"你不觉得我和尹铭都画画是一种浪费吗？"徐庭轩问我。

"这有什么浪费的？"我有些不理解徐庭轩的话。

徐庭轩没有马上回答我，而是朝过山车的方向望去。"我其实好久没看到尹铭像今天这么开心了。怎么说呢，这家伙最近越来越自闭了，每天都躲在画室里不出来，除了我他几乎都不怎么和人说话。没错，他的画是越来越好了，好到多少让我有些自暴自弃的地步。但我不是因为这样就想放弃画画的。你了解我的，知道我不是那种轻易就会放弃什么的人。但我觉得我有必要为尹铭多出去走走。"

"我不太懂。什么叫为尹铭多出去走走？"

"其实直到现在每到下雨天尹铭的腿还是会痛，他虽然不太会讲出来，但我知道他心里其实很……委屈。这家伙从小就一直很想要走出去吧，他说他会爬上这世上最高的山，会潜入人类所能潜入的最深的海，可现在这些他都做不到了。所以，"徐庭轩深深地吸了口气，然后说，"我想试试看，看我能不能够替他完成他本想要的人生。"

我开口准备说些什么，却看见小茜和尹铭大笑着朝我们走了过来。"那么，加油。"最后我只来得及对徐庭轩这么说。

我和小茜陪着尹铭徐庭轩在这座旅游城市玩了三天，去车站送走了他们后小茜抱住我哭了起来。

"你能有这么好的朋友真的很幸运。"

"我一直都很幸运啊。"我抱紧小茜说。

回去的路上，小茜一直一副欲言又止的样子。

"有什么话就说吧，看把你小脸儿都憋红了。"

"哪有。"小茜嘴硬道。过了一会儿看我不理她只好接着说："我问你一个问题哈，不过你要保证不可以生气。"

"你见过我生气吗？"我叹了口气说。

"那好，我问啦——你说徐庭轩和尹铭是一对儿吗？"

我停下脚步，脑子里好像突然哪里猛地一痛，一种莫名的烦躁涌上心来——

为什么我从来没想过这个问题？

"你觉得他们是吗？"我不知道怎么回答于是只好把问题还给小茜。

"我也很迷惑啊。以我十多年的腐龄单看他们哪一个我都觉得不是 gay，可他们两个在一起又莫名地很和谐，我简直没见过可以这么搭的两个男生。"

"如果你觉得迷惑的话，"我想了想对小茜说，"那他们两个一定更加迷惑吧。"

一个月后徐庭轩打电话给我说他休学了。

"你准备去哪儿？"我问他。

"去哪儿都可以。"徐庭轩说，"反正哪儿我都是要去的。"

"记得拍照片给我。"我说。

徐庭轩果然没忘记拍照片给我这件事，而且他拍得真好。在我心里徐庭轩就是那种无论做什么都可以把它做到极致的人。经过他的同意后我把其中的一些照片放在一个常去的论坛上，没想到这些照片迅速地流传开去，网上竟慢慢有了一批死忠。我告诉徐庭轩后他没有显得特别兴奋但也没有制止我。我想他只是不怎么在乎这些。

比起徐庭轩的照片所引起的这些小范围的波浪，尹铭在之后的几年里则完全成了一个现象级的人物。他的画作屡屡获国内外各种大奖，还没毕业就接二连三地举办画展，几幅画更卖出了让我觉得无论怎么狠狠宰他都不用心存顾虑的价格。

我和小茜的感情其间经历过一次大的波折。研究生毕业后她坚持去英国留学。开始我是百分百支持的，但我想我们都大大低估了异地恋的困难程度。她留学不到一年时间我们就在一次大吵后分手了。

我过了一段暗无天日的日子，尹铭就是那时候来找我喝酒和我说起那些关于独角兽的话题。

他陪了我一星期时间，与此同时当时正在欧洲休整的徐庭轩听到消息后也马上飞去伦敦找小茜。我一直不知道他们在一起都聊了什么，但不久之后我和小茜复合了。

小茜结束伦敦的学业回国后我们迫不及待地订了婚。订婚的前一天徐庭轩也飞回了故乡。他单独把我约了出来。

"送你们一份小礼物。"

刚坐下徐庭轩就递给我一本影册。我翻开看了看，照片上有雨后同时出现的双彩虹，有头对着头一起喝水的小鹿，总之都是一些成双成对的美好事物。我忍不住朝徐庭轩笑了笑，实在没想到他会送一份这么温馨切题的礼物。

徐庭轩也有些不好意思地笑了。"都是尹铭出的主意。"

"谢谢你们啦。"我很开心。虽然我没有特别的在徐庭轩面前表现出来，但从他们手中收到这样的礼物我真的很开心。

"尹铭还在日本办画展。明天我飞去找他。"徐庭轩说。

徐庭轩每次都是这样的。结束一段旅行后总会第一时间回来找到尹铭向他事无巨细地描述这次旅行所经历的一切。

"我说你们……"可能是就要结婚的喜悦给了我勇气，我竟第一次主动问起他们的事来。"我说你和尹铭是怎么回事？这么多年也没见你们和别的人有过恋爱的迹象，可要说你们是一对儿的话你们这些年温温暾暾说亲密比谁都亲密说不见可以半年都不见。你们到底是什么关系你想过吗？"

"我想我们……就是我们吧。"徐庭轩听了我的问题并没有生气，只是脸上的困惑一点儿都不比我少。"尹铭和你说过他那段关于独角兽的理论吧？"

我点了点头。

"也许我和他……我们真是他说的那种独角兽。但要发自内心完完全全接受这一点，我们又都差了一点儿什么。"

"那差的究竟是什么？"

"我想可能是一种类似启示和奇迹的东西吧。这些年我去过这个地球上的很多地方，也多少见过一些堪称奇迹的风景与造物。但这种奇迹和我所企盼的那种不一样，我需要的是一种完完全全只为我准备的奇迹，它的存在就是为了给我以启示。"

"会找到的。"我说。但话说出口后听起来却显得意外的没有说服力。于是我加重语调又重新对徐庭轩说了一遍："我想你们，会找到的。"

奇怪这么又说了一遍，我竟好像真的发自内心地相信了徐庭轩可以找到，找到那个只属于他和尹铭的奇迹。只是当时的我怎么都不会想到，这个奇迹会来得如此之快。

就在徐庭轩的这次日本之行。

徐庭轩飞去日本见到尹铭时已差不多到了凌晨。忙了一天画展的尹铭也已经满脸疲倦。两个人随便在路边找了一家小餐馆就坐了下来。

徐庭轩照例和尹铭聊起了刚刚结束的这次旅行。聊到了我和小茜。聊到了我收到礼物时脸上好笑的表情。

接着徐庭轩犹豫了一下，把我问他的关于他们关系的话又问了一遍尹铭。

"我们就是我们啊。"尹铭说。这两个人的回答果然出奇地一致。

徐庭轩又和尹铭说起他关于奇迹和启示的那番话，与此同时，小餐馆的门被推开了，一个面色苍白的小男孩走了进来，他观察了一下餐馆内的环境，最后坐在了尹铭旁边。

"那你说，什么样的奇迹才称得上是神迹？"尹铭问。

"你觉得呢？"

"呃……比如说现在外面大街上突然出现一只本该灭绝的独角兽怎么样？"

"又是独角兽？"

"嗯。英文叫 unicorn，日语叫いっかくじゅう，独角兽。"

"好吧。如果真的出现了这样的奇迹，那我想我们……"徐庭轩没有说下去，因为这时刚刚进来的那个小男孩突然满脸惊喜地用日语问尹铭："叔叔，你刚才是在说独角兽吗？"

"对啊。"尹铭看着小男孩回答。他和徐庭轩的日语都还算不错。只是不明白为什么小男孩听到独角兽三个字会那么激动。

"那你也看到街上那只独角兽了吗？"

"什么？街上有只独角兽？"尹铭和徐庭轩同样都是一脸震惊。

"哦。原来你们没看到啊。"小男孩显得有些失望。

"等等，"徐庭轩稍微平复了一下心跳，"小朋友你这么晚怎么还在外面没回家？"

"爸爸妈妈又在打架了，我只是想溜出来透透气。没想到……"

"没想到你在路上看见了一只独角兽？"尹铭问。

小男孩重重地点了点头。

"你相信吗？"徐庭轩问尹铭。

"你相信世上有这么巧合的事吗？我们才刚刚讲到独角兽就突然有个小男孩出现告诉我们他刚刚在大街上看到了一只？"

"一点儿也不信。"徐庭轩觉得口干舌燥，一口气喝光了杯子里的水。

"我倒是想信啊。"

"那现在怎么办？"

"总之，"尹铭看了眼身体好像还在颤抖着的小男孩，"还是先把这小家伙送回去吧。"

尹铭把小男孩领了出去，和徐庭轩一左一右各牵着小男孩的一只手朝小男孩的家走去。街上的路灯有些昏暗，反而把夜色衬得更深。夏日的夜风有些微凉，但吹在脸上却有种让人警醒的舒服。三个人一时都没怎么说话，只有三种不同频率的脚步声在夜色里回荡。

过了一会儿，徐庭轩还是开口道："我还是不相信有独角兽。"

"没错。再说就算有，"尹铭说，"也不可能出现在这座城市的街道上。"

"就算真的会出现在一座城市的街道上，也不可能在我们刚巧谈起它时就有人刚好为我们带来了它的消息。"两人你一句我一句地把话接下去。

"可如果万一，我是说万一，真的有呢？"

"那我就……那我们就……"

"我们就可以做任何我们想做的事了对吧？"

"对。毕竟我们已经接收到这样的启示了，这表明了神已经认可了我们接下来会做的任何事情。"

"可话说回来，这里怎么可能有什么独角兽？"

"对啊，还是不可能嘛。所以我们究竟……"

"嘘！先不要说话……你听到什么声音了吗？"

"好像是……脚步声？"

是的，一种沉重的脚步声从前方的夜色里传了过来。

三个人的身体都不由得一僵，脚步几乎是同时停了下来。

时间缓慢地前行着，脚步声也变得越来越近。

终于黑暗中一头"独角兽"缓缓走了出来。在离三人大约五米左右的地方停了下来。

无论如何都只能把这只生物叫作独角兽，在它的鼻子上一只独角耸立着。

因为夜色太过昏暗，三人看不清它脸上的神情，只能隐约地感到它的目光确实是在望向这边。

没人知道它在想些什么，它只是一动不动地站在那里注视着这里，似乎是有些困惑。

时间好像过了很久很久。那头"独角兽"突然转过身，朝黑暗中走了回去，只留三个人呆呆地立在原地。尹铭和徐庭轩只觉得头皮一阵发麻，那是一种由巨大的恐惧与狂喜所带来的酥麻感。在那一刻，他们都觉得之前在大脑深处一直在凝结着的什么被打破了。血液似乎从未像此刻这般畅快地在身体里流通起来，尹铭和徐庭轩那时当然想不通为什么会有一只"独角兽"突然出现在街道上，因为他们不可能知道那座城市里有一所大学的足球队，刚刚在前一天晚上取得了一场重大比赛的胜利，其中踢 9 号位的队员刚巧在一所动物园打工做饲养员，他们也不可能知道那群足球队员喝醉酒后突然跑去动物园玩，就像谁也想不到他们竟真的会把动物园里的动物都一个一个放了出来。

是的，尹铭这时当然还不知道他们看到的那只独角兽其实只是只独角犀牛。

　　但这已经不重要了。在他们最需要上天给予启示的时候，即便只是这么一只独角犀牛就已经够了。

　　"怎么办？"尹铭问徐庭轩。

　　"跑啊。"徐庭轩说。

　　于是他们也转过身，紧紧握住在他俩中间的小男孩的手，朝来时那个明亮的小餐馆跑去。在那一刻，他们觉得自己过往曾经历的一切和未来他们想要经历的一切都被这个在他们之间的小男孩连接起来了。

　　他们此刻是一个无法分割的整体，一起飞奔在这夏日夜晚的微风里。在他们的周围，有他们看不见的危险看不见的狮子老虎，但也有无比美丽的孔雀和斑马。他们接下来可能遭遇一头把他们吃掉的猛兽，也可能和一只美丽的小鹿迎面而过。但这些他们通通都还不知道。

　　而即便知道了他们也会毫不在乎。因为他们和一个孩子紧握着彼此的手。

　　因为他们已经见到了独角兽。

　　因为他们已经得到了神的应许。

知书文化荣誉出品

出 品 人：谢不周　凌草夏　八月长安

主　　编：凌草夏

装帧设计：金澜设计室 · 车　球

敬请期待：鹿鸣 MOOK 第二辑

你可能还会喜欢：

- 严歌苓《床畔》2015 年 5 月上市
- 夏正正《刚好有你在》2015 年 6 月上市
- 伍臻祥《宅女侦探桂香》2015 年 7 月上市
- 暴暴蓝《陪你到青春散场》2015 年 7 月上市
- 夏正正 & 一蚊丁 &PP 殿下《有我陪着你，什么都不怕》2015 年 8 月上市
- GOLO& 八月长安《你好，旧时光》漫画版 2015 年 8 月上市
- 八月长安《你好，旧时光》新版 2015 年 9 月上市
- 自由极光《别人都说我们会分开》2015 年 9 月上市
- 八月长安 & 李彬《小王子》预计 2015 年 9 月上市
- ……

更多出版信息请关注微博 @ 凌草夏

请扫描二维码关注我们的微信公众账号，
可与我们直接交流。